山の子みや子

石井和代

てらいんく

山の子みや子

まえがき

みや子が泣いてる、大きな声で。

山の畑の畦道《あぜみち》の　ダンボールの中で。

「お乳《ちち》がほしい」と、いってるんだよ。

「おしめが、ぐっしょりなんだよ」

ヤマブキが、枝《えだ》をゆらしていった。

ヤマコブシが、見おろしていった。

「かあさん、牧草の種まきしてるんだよ」

フキノトウが、つんつん下から声かけた。

「みや子、もうじき、おひるだよ」

ヤマザクラが、花びらひらひら落としたよ。

みや子が泣いてる。ベビーベットの中で。

大きなアブが、とんできた。

まっ黒なブユも、のぞいてる。

網戸《あみど》のすきまから、ヌカガが入ってきた。

「だめだよ、みや子は、ねむいんだ」

「射《さ》したらかわいそ。ひとりぼっちだからね」

ギンヤンマがいった。

ツバメもつーいと飛んできていった。

涼《すず》しい風が、吹《ふ》きぬけてった。

「もうじき、かあさん帰ってくるよ」

みや子の声は、とぎれ、とぎれ。


みや子が泣いてる、クルミの木の下で。

「泣くなよ、みや子。牛のお産がはじまった」

「そうだよ、みや子。かあさんもいそがしい」

クルミが、枝をゆすった。

ヤマナシが、黄金の実を、ぽとんと落とした。

「みや子、声が、かれちゃったじゃないか」

カエデの葉が、くるくる舞《ま》いおどる。

林の中で、キツネの子も、泣いてる。


みや子が泣いてる。ストーブ、ゴー、ゴー。

土間の、金網《かなあみ》のかこいの中で。

「ああたあん、ああたあん」

「とうたあん、どーこう」

雪が、はらはら、ふってきた。

とうさん、牛舎《ぎゅうしゃ》で、乳《ちち》しぼり。

かあさん、ストーブの薪《たきぎ》はこび。

「みやちゃん、もう少し、まっててね」

みや子は、泣いて、泣いて、声出ない。

ずっと、ずっと、泣いてたんだもの。

とうとう、声が出なくなっちゃった

おばあちゃん、びっくり。
市川《いちかわ》に、連れてきちゃった。
二年たって、みや子は
やっと　おはなしできるようになったよ。

もくじ

春が来た

ゴットン　ゴトン
起きなさい　みや子
（はあい、いま　起きます）
ゴットン　ゴトン
ほら　ほら　起きなきゃ　学校　おくれるよ
（はいっ、起きます　起きます　今、起きる）
ゴットン　ゴトン
ほうら、しっかり　目をあけて

みや子は自家発電機の音を聞きながら、やっと目を覚ました。カーテンのすき間から、朝の光が、定規《じょうぎ》できっかりひいたように、射《さ》し込《こ》んでいる。自家発電のスイッチは、毎朝五時半にとうさんが入れる。家には、まだ電気がきていないからだ。（いけないいっ。寝坊《ねぼう》しちゃった）部屋のすみに、三年生になった浩太《こうた》が大の字になって眠《ねむ》っている。洋平《ようへい》はふとんにくるまってぴくりともしない。三つの純平《じゅんぺい》はかあさんのまくらをだいてまるくなっている。そうだ。今日から二人を連れて学校に行くんだっけ。

「浩太、起きなさい。牛乳《ちち》しぼり終わっちゃうよ」

純平が目を覚まさないように、浩太の耳元に口をつけてゆさぶった。

「浩太、ほら、牛追ってくのおそくなるよ」

こんどは、鼻をつまんだ。浩太はうるさそうにみや子の手をはらうと、また「うーん」といってごろりところがった。

「お姉ちゃん、おはよう」

洋平がもそもそ起きだした。

「洋平はいい子。もう昨日《きのう》から一年生だものね。早く着替《きが》えてね」

「うん」

「浩太、起きなさいっ」

少しきつくいって浩太の両手を引っぱりあげた。三年生になった浩太は、五年生のみや子より太って重い。

「浩太、洋平はもう起きて階下《した》へ行っちゃったよ。早くしないと、朝ごはん食べられないからね」

「おねえたあん」

いつの間に起きたのか、純平《じゅんぺい》が目をこすりながらよってきた。

「純平、起きたの。早くおしっこしておいで」

こっくりして純平は、とこん、とこんと階段《かいだん》をおりていった。

浩太《こうた》はすわりこんでまだ目をこすっている。

「浩太、のろのろしてると先に学校に行っちゃうから。朝ごはんだって食べられないよ」

食《く》いしん坊《ぼう》の浩太は、やっと目が覚めた。

みや子は、昨夜からまくらもとにたたんでおいた白いトレーナーと紺《こん》のズボンに着替《きが》えた。昨日《きのう》五年生になったお祝いに、市川《いちかわ》のおばあちゃんが、宅急便《たっきゅうびん》で送ってくれた。トレーナーは胸《むね》に小さな花とM・Tと刺繍《ししゅう》してあり、ズボンはポケットのまわりに赤い線が入っている。

おばあちゃんは、とうさんのお母さんで、時どき、洋服や食料品を送ってくれる。昨日も、子どもたち四人の洋服のほかに、肉やウインナーがどっさりクール宅急便で届《とど》いた。

ランドセルを持って階下《した》におりた。いそいで顔を洗《あら》い、食卓《しょくたく》の上にみんなのお皿とスプーンをならべた。

「おーい、浩太、洋平《ようへい》、牛、追ってくぞう」

とうさんの声は大きい。

「浩太、行くぞう」

「はーい」

浩太は、急に目が覚めたように、長ぐつをはいてとび出していった。

ガラン、ジャラン、コロン、シャラン
「ほーい、ほい」

「ふーい、ふぉーい」

牛たちの鈴《すず》の音《ね》ととうさんと浩太、洋平の牛を追う声が、まだ冷たい春の光の中にひびいていく。

かあさんが純平の手をひいて牛小舎《うしごや》から帰ってきた。

「おはよう、かあさん」

「おはよう、みや子、そのトレーナーよくに合うわよ」

「そう」

みや子はちょっと長めの袖《そで》をひっぱった。

「ねえ、みや子、今日からレントコーンの種まきはじめるから、なるべく早く帰ってね」

「ええ」

去年は、春になっても東北風《やませ》が吹《ふ》いて冷たい日が多かった。それで牧草の育ちが悪かった。だから、今年は堆肥《たいひ》をどっさり敷《し》き込《こ》んで、三番草まで刈《か》りたいと、とうさんはいっている。

「あのねえ、かあさん……」

いいかけて、みや子はやめた。

昨日《きのう》、始業式の後、先生から五年生も来週からバレーボールの練習をはじめるから、家の人にことわってくるようにといわれた。


みや子の学校、山地《やまち》小学校は生徒数七十八人の小さな学校だ。村内のバレーボール大会にはいつも一回戦で負けてしまう。この春、大学を卒業してきた松井《まつい》先生は、今年は準決勝《じゅんけっしょう》までは残りたいと、張《は》り切《き》っているそうだ。それで、今年は五年生もすぐに入れて練習することになったのだと先生が教えてくれた。「やったあ」と、みや子は思った。みや子は、体育が得意だ。走るのも跳《と》ぶのも、もちろんドッチボールだって、誰《だれ》にも負けない。

体育館のバレーコートで、

「いくよっ」

「はいっ」

「そうれっ」

と、体育館じゅうひびきわたる声をあげて練習している上級生が、小さい時からうらやましかった。

（わたしも、五年生になったら必ず入るんだ）

と、いつも入り口からのぞいていた。それがやっとかなえられる。心がおどった。

でも、練習をやれば帰りがおそくなる。こんないそがしい時におそくなるなんていえない。

ゆうべは、何度も何度もいい出そうとして、とうとういい出せなかった。

「なに？　みや子」

「ううん、なんでもない」

「そう。じゃ、ごはんよそって」

「ああ、腹《はら》、へった」

とうさんたちが帰ってきた。とうさんは、どっかりと食卓《しょくたく》の前にすわった。浩太《こうた》は流しでぷるるんと顔を洗《あら》ってすわった。洋平《ようへい》はもうすばしっこく自分の席についている。

みや子がお皿にもったご飯の上に、かあさんがゆうべの残りのカレーをかけてくれた。土間《どま》じゅう、こうばしいカレーの香《かお》りがいっぱいだ。

「おじいちゃん、おばあちゃん、とうさん、かあさん、いただきまーす」

みや子たちは、声をそろえてこういってから食べはじめる。

とうさんは、たちまち二杯《はい》おかわりをした。浩太《こうた》はゆっくりゆっくり食べている。洋平《ようへい》は何でも早い。もうおかわりだ。純平《じゅんぺい》も小さいくせにみんなと同じお皿をかかえている。

「浩太、いそぎなさい。間に合わないわよ」

かあさんにせかされても、浩太はちっともあわてない。

みや子は時計を見た。七時十五分すぎ。学校まで四十分と少し。もうそろそろ出かけないと遅刻《ちこく》してしまう。

「浩太、いそいでっ」

「うん」

浩太って、どうしてこう何でもおそいんだろう。歩くのだって、みや子だけなら四十分で充分《じゅうぶん》だけど、浩太といっしょだと四十五分はかかる。みや子はいらいらしてきた。洋平のほうがずっとましだ。

「かあさん、洋平と先に行っていい？」

「待っててやりなさい。浩太、お姉ちゃんも洋平も待ってるんだから、いそいでね」

やっと、浩太が食べ終わった。口のまわりをぺろりとなめて立ち上がった。

「行ってまいりまあす」

ついこの間まではだかの枝《えだ》をとがらせていた雑木林《ぞうきばやし》は、いつの間にかぷっくらとふくらんで、色とりどりの芽をつけている。もうすぐつやつやした若葉《わかば》が開くだろう。

下の県道まで二十分。くねくねと曲がったこの山道は、十三年前、とうさんが東京の大学を卒業して、この山にたったひとりで牛を飼《か》いにやってきた時、木を切《き》り倒《たお》し、割《わ》り石《いし》を敷いて作ったという。

家の前からトド岩まで一気にかけ下りる。

トド岩は、おとなの背《せ》より高い大きなまっ黒な岩だ。トドが頭をあげて、みや子の家を見上げているようなので、浩太が名前をつけた。トド岩はかけ下りてくるみや子たちをがっちりと受け止めてくれる。

トド岩をぐるっとまわると、右側は深い雑木林。ところどころにまだ根雪が残っている。左側はがけっぷちで、下を小川が流れている。がけの上にもカシやシイ、ナラ、ブナなんかが生えている。中でもみや子がいちばん好きなのは、一かかえもあるホウの木だ。五月の初めにまっ白な大きな花をつける。

とっとっと歩くみや子の先に立って、洋平はかけ足で下りていく。太った浩太は、なかなかついてこられない。

「浩太《こうた》、早くおいでよう」
「お兄ちゃん、はやくう」
県道に出た。ここからまだ二十五分。みや子の家は、学校からいちばん遠い。

とうさんは、小さい時から動物が大好きで、大学でも畜産《ちくさん》の勉強をした。卒業してすぐここに来て、たった二頭の牛を飼《か》いはじめた。

そのとうさんに東京でお勤《つと》めをしていたかあさんがお嫁《よめ》に来た。それから二人して、電気も水道もない山の中で、原生林を切り開き、放牧地を作り畑も作った。今は牛も二十頭になった。みや子は、小さい時からそんなとうさんかあさんの手伝いをしてきた。

やっぱり「バレーの練習はできません」と、いおうと思った。これから畑の仕事もいそがしくなる。冬までには、子牛も七頭生まれる予定だ。子牛たちの世話は、みや子たち三人の仕事になる。とても無理だ。

そういおうと思って、教室へいそいだ。

授業《じゅぎょう》が終わった。みや子は一日じゅう、バレーのことを先生にどう話そうかと考えていた。

帰りの会の時、先生が聞いた。

「昨日《きのう》話したバレーボールのこと、家の人に話してきたか」

「はい」

「はーい」

みんな、手を挙げた。みや子は下を向いていた。

「みやちゃ、どうしたの」

「みやちゃ、バレーボールやるんでしょ」

「…………………」

もじもじしているみや子に先生が聞いた。

「まだ、話してないのか」

「あのう……」

「まだなら、今日はちゃんと話してこい。松井《まつい》先生も、みや子は小さいけどすばしこいから楽しみだといってるぞ。来年は、みんなレギュラーでがんばれるように」

「はい」

帰り、みや子はとも子といっしょに帰った。

「みやちゃ、バレーボール、やるよね」

「うん」

うなずいて、みや子は、「しまった」と、思った。とうさんが許《ゆる》してくれるはずがない。

「みやちゃはいいな、松井《まつい》先生に楽しみだなんていわれちゃってさ」

「だめだよ、わたし、チビだもん」

「ちっちゃくたって、運動神経抜群《うんどうしんけいばつぐん》だもんね。きっと、すぐレギュラーになれるよ」

「そんなことないよ。ともちゃは背《せ》が高いし、スパイクなんかばっちりだもんね」

「がんばろうね。みやちゃ、毎年、出ると負けじゃくやしいもんね」

「うん」

とも子と話していると、紺《こん》に白の背番号のユニフォームを着て、バシッとサーブをきめたり、くるっと回転してボールをあげたり、ぽーんと飛び上がってトスをする自分の姿《すがた》が見えて、胸《むね》がわくわくしてくる。だけど……。

「じゃあね」

とも子の家の前で、手をふって分かれた。

県道から山道に入った。いつもは、とっとっと軽くのぼれるのに、今日は足が重い。

トド岩をまわると純平《じゅんぺい》が一輪車でまきを運んでいるのが見えた。浩太《こうた》も洋平《ようへい》も見えない。

もうエンシレージを運んでいるのだろう。

「おねえたん、おかえり」

純平が一輪車を上手にころがしながら、丸い目をへの字にして笑った。ほっぺたが赤い。

「ただいま」

「あら、おかえり」

バケツを両手に下げたかあさんが、牛小舎《うしごや》から出てきた。

「どうしたの、元気ないみたい」

「ううん、すぐ行く」

長ぐつにはきかえて牛小舎に走っていくと、

「みや子、おそかったな」

とうさんがサイロの中からいった。

「ごめん、浩太、洋平」

浩太は、それがくせのはにかんだように笑った。まんまるい顔が汗《あせ》びっしょりだ。

洋平は額《ひたい》から流れる汗を、ぐいっと袖《そで》でふくと、「おかえり」と、にっこりした。

「おい、あといくつだあ」

サイロからとうさんがどなっている。

みや子は、牛小舎《うしごや》の中のエンシレージの山を、「一つ、二つ……」と、かぞえた。

エンシレージというのは、秋の終わりから五月の初めごろまで、放牧地に青草《あおくさ》がなくなる、その時のために牧草やレントコーンなどを、サイロにつめこんでおいた飼料《しりょう》だ。

今夜の分はもうそれぞれの牛をつなぐ柵《さく》の前に山になっている。まん中の通路に明日の朝食べさせる分が十五。あと五《いつ》つだ。

「あと五つう」

「ようし、浩太《こうた》はあと一つ。残りはみや子だ」

「あと一つかあ」

体が大きいのに浩太はいくじがない。すぐ鼻をならす。

「ほれ、浩太、しっかり持てっ」

とうさんは、フォークでエンシレージを四角い篭《かご》につめて、サイロのせき板の上にのせた。

秋のつめこみの時は、高さが五メートルあるサイロのてっぺんまであったせき板も、一冬こした今は、だんだんにはずしてもう七十センチぐらいまでになった。

浩太は、短い両手で篭のふちを持ち、太ったお腹《なか》の上にのせて牛小舎まで運んでいく。

篭一ぱいのエンシレージは大体七〜八キロ。みや子も浩太も洋平《ようへい》も、五つで保育園に入った時から、毎夕運ぶことになっている。

サイロから牛小舎までは、十メートルぐらいだが、二回運ぶと汗《あせ》がにじんでくる。

「みや子、これで終わりだな」

「はーい」

「じゃあ、最後はおまけの大盛《おおも》り」

「いいよ」

「重いぞ」

「平気、平気」

せき板の上から「よいしょっ」と、篭を持った。ずっしりと重い。でも、みや子は、もう十キロは持てる。

あとひと月たらずで、放牧地には牛たちの大好きなクローバーやシバクサが生え、牛たちはたっぷり青草《あおくさ》が食べられる。

持ち重りのする篭を、体を反《そ》らせ、両手に力を入れて運んだ。いったん篭をおき、両手を底にかけてくるっとひっくり返すと、きれいに固まったエンシレージの山ができた。

放牧地から牛の鳴きたてる声が聞こえてくる。

とうさんと浩太は牛を入れに行った。洋平が純平《じゅんぺい》の手を引いてその後を追っていく。

とうさんのやっているのは、山地酪農《やまちらくのう》といって、夏でも冬でも牛たちは放牧地に放《はな》し飼《が》いにし、牛乳《ちち》をしぼる時だけ小舎《こや》に入れて飼料《しりょう》もやる。こうした自然の中で牛を飼うと、強くていい乳《ちち》のとれる牛になると、とうさんは話してくれた。

みや子は、夕飯のしたくの手伝いに家に入った。かあさんは、

「みや子、ジャガイモ千切りにして、水にはなしといて。それから白菜は、ざくざく切って塩ふっといてね」

そういうと、牛の乳房《ちぶさ》をふくお湯を入れたバケツを両手にさげて牛小舎へ行った。

牛たちが帰ってきた。

ガラン、ジャラン、カラン、シャラン。

ウモオーオー、モオーオー、モーオ。

牛たちの首につけた鈴《すず》の音と鳴き声が、すみれ色の空ににぎやかに吸《す》いこまれていく。

トントンとジャガイモを切りながら、みや子はまた、バレーボールのことを考えていた。

「だめだ」といわれるかもしれないけど、もしかしたらやらせてくれるかもしれない。

いってみようか、どうしようか。

「おねえちゃん、圧力《あつりょく》がまの重《おも》り鳴ってるよ」

「あっ、浩太《こうた》、ありがと」みや子はあわてて火を止めた。

夕食を食べはじめたのは八時近くだった。

今夜はごちそうだ。市川《いちかわ》のおばあちゃんから送ってきた牛肉の生が焼き、ジャガイモの味《み》噌汁《そしる》に白菜の酢《す》のもの。ごはんは、玄米《げんまい》にムギとアワが入っている。

とうさんは、コップ一ぱいのお酒を目を細くして飲んでいる。

純平《じゅんぺい》は、お茶わんを持ったまま、時々こっくりこっくりし、あわててまた食べはじめる。

純平に目のまわりをほんのりと赤くしたとうさんが、笑いながら声をかけた。

「純平、今日はよく働いたな、つかれたか。一輪車のつかい方、うまくなったぞ」

ほめられた純平は、大きな肉をほおばって、にこにこしている。

とうさんのきげんがいい。バレーボールのこと話してみようと、みや子はきめた。

「とうさん」

「ん？」

「あのね」

「なんだ」

「あのねえ、昨日《きのう》ねえ」

「なんだ、はっきりいえ」

「みや子、とうさんにいいたいことあるの」

「うん」

「じゃあ、みや子、はっきり話しなさいね」

「あのねえ、昨日《きのう》、先生がねえ」

「うん、先生がどうした」

みや子は大きく息を吸《す》い一気に話し出した。

「あのう、先生が来週から五年生の女子みんな、バレーボールの練習はじめるっていったの。いつも秋の村内対抗《たいこう》で一回戦で負けちゃうでしょ。だから、五年生も今から練習はじめるんだって。わたしもやっていいでしょ」

みや子はとうさんの目をじっと見て話した。

口をぎゅっとむすんで、とうさんは腕《うで》を組んで聞いていた。みや子は胸《むね》の中にかたまっているものをはき出すようにいった。

「だめだな」

とうさんは、低いきっぱりした声でいった。

「どうして。みんなやるんだよ」

「みんなの家とうちはちがう。バレーボールやってくれれば帰りがおそくなる。今だって夕方のいそがしさをみや子は分かっているはずだ」

「………………」

みや子は何とかいわなければと思った。ずっと前からやりたいと思っていたこと。先生も楽しみだといってくれていること。でも、胸《むね》の中がどっきんどっきんとなり、くちびるがふるえて声が出ない。まぶたが熱くなった。

「とうさん」

かあさんがとうさんの方へ向き直った。

「とうさん、みや子には今までずいぶんいろんなこと我慢《がまん》させてきました。保育園も洋平《ようへい》たちの世話で休ませたし、遊びたい時だって、遊ばせてやれなかった。みや子はずっと前からバレーやりたかったんです。やらせてやりましょうよ。夕方の仕事は、何とかなりますよ」

「そんな無責任《むせきにん》なこと、いうもんじゃない。今だって手が足りないんだ。みや子ができない分、結局、お前の仕事がふえるんだぞ」

「でも、浩太《こうた》も洋平も、もうだいぶ役に立つようになったし、純平《じゅんぺい》だって手がかからないし」

「やっとここで、お前も少しは楽になってきたところじゃないか。それをまた――」

とうさん、かあさんの話を聞いているうちに、みや子の胸の中にふくらんでいたものがぎゅっとしぼんでいった。

（もういい。やめればいいんだ）

みや子がとうさんを見つめていおうとした時、コトン、食卓《しょくたく》の上にお茶わんをおいて、浩太がいい出した。

「おれ、洋平と二人でエンシレージ運ぶよ。なあ、洋平。お姉ちゃんにやらせてやって」

まんまるほっぺをまっ赤にし、細い目がきりっとつりあがっている。

「なに‼　浩太、本当にやれる気か」

「うん」

（えっ、浩太、そんなこと無理よ）

いつものぐずの浩太とちがう。浩太はとうさんをまっすぐ見つめている。

「おれも、お姉ちゃんの分、やるよ」

洋平もひざに手をおいて、とうさんを見た。

二人の顔をじっと見すえていたとうさんは、

「よし。浩太も洋平も男の子だ。弱音《よわね》はくなよ」

と、二人の肩《かた》をぽんとたたいた。

こくんとうなずいた浩太は、てれくさそうにいつもの細目になって、ぱちぱちとまぶたをしばたたかせ、急いで味噌汁《みそしる》をすすった。

洋平《ようへい》も鼻をひくひくさせて、こっくりとうなずいた。

「みや子、やるならいい加減《かげん》にやるな。ただし、今までかあさんがやっていた夕方の牛小舎《うしごや》の掃除《そうじ》、みや子の役目にするぞ」

「はい。やります」

バレーボールさえできれば、何でもやると思った。

それにしても、いつものろまだのいくじなしだのといっていた浩太《こうた》が、こんなにわたしのことを――。と思うと、胸《むね》の底からじわっと熱いものがこみあげてきた。

（ありがとう。浩太、洋平も。お姉ちゃん、がんばって、きっとレギュラーになるからね）

みや子は、おいしそうに肉をほおばっている二人の弟を見つめた。


静かな夜がふけていく。細く開けた窓《まど》から入ってくる風も、もう冬のきびしさはない。

鹿踊《ししおど》り

重くのしかかっていた鉛色《なまりいろ》の空が、いつの間にか明るいやわらかな春の日射《ひざ》しにかわった。放牧地にはうっすらと青草が芽を出し、フキノトウがすうっとのびて、うす黄色のセンコウ花火をいくつもつけたような花が咲《さ》いた。ぷっくらとふくらんでいた木々の芽も一せいにはじけ、山やまは様ざまな緑におおわれ、つやつやと光っている。

ヤマコブシ、ヤマザクラの花が咲き、その後《あと》を追うように、モモ、リンゴ、そして八重《やえ》ザクラ、スオウ、ヤマツツジが色とりどりに咲きそろうとゴールデンウイークがやってくる。

みや子の家のまわりも、ワラビ、ゼンマイが頭をもたげ、陽当《ひあ》たりのよいがけっぷちには、タンポポがびっしりと咲く。

ゴールデンウイークが終わると、春一番の楽しみ、小学校の運動会がやってくる。

みや子たちの小学校ととなりの保育園の子どもたちを合わせて百人ちょっと。それにPTAのお父さんお母さん、おじいちゃんおばあちゃん、地区の青年団《せいねんだん》の人たちもみんな総出《そうで》で楽しい一日をすごす。運動会は、地区をあげてのお祭りだ。

四月の終わりから学校でも練習がはじまった。百メートル走、障害物競走《しょうがいぶつ》、一輪車のり、マラソンなどなど、みや子はどれも六年生とやっても負けない自信がある。

それに、今年は今まで仕事がいそがしいからと参加しなかった親子仮装《かそう》コンクールにも、とうさんが先に立って、出るといい出した。出し物は、『牛の親子』。とうさんとかあさんが親牛、浩太《こうた》と洋平《ようへい》が子牛、みや子と純平《じゅんぺい》が綱《つな》を引いて会場を一周しようという計画だ。このところ毎晩《まいばん》、家じゅうでどんなふうに衣装《いしょう》を作ろうかと話し合い、ダンボールや古いシーツなどを集めている。

浩太も洋平も、すっかりその気になって、

「おれが頭の方がいいね。とうさん」

「だめだよ。お前は小さいんだから、おれの後にくっついて尻《しり》になるんだよね。とうさん」

「かあたん、おれは、なにちゅるの」

と、純平まで口を出す。

みや子も楽しく待ち遠しい。けれど、今みや子の心にいちばんひっかかっていることは、『鹿踊り《ししおど》』に出られるだろうかということだ。

この地区には、ずっと昔から『鹿踊り』が伝えられている。この辺では、カモシカのことを『シシ』または『アオジシ』と呼《よ》んでいる。

カモシカの大きな雄《おす》を中心に、雌《め》ジシ、子ジシたちが仲よく遊んだり、時には角《つの》をつき合わせて戦ったりする様子を踊りにしたものだそうだ。

おとなのおどる『鹿踊り《ししおど》』は、秋の氏神様《うじがみさま》の祭りに、青年団《せいねんだん》の人たちが勇ましくおどる。運動会には、毎年、六年生がおとなの頭《かしら》にそっくりの頭《かしら》と衣装《いしょう》をつけて、地区のお年寄《としよ》りの笛や太鼓《たいこ》に合わせておどるのだ。運動会の大事な呼《よ》びものの一つになっている。

雄《お》ジシは一頭、これはもう高橋《たかはし》さんの健《けん》に決まっている。健は、六年生の中でも背《せ》もいちばん高く、勉強も運動もいつもトップ。児童会長もやっている、かっこいい学校じゅうの人気者だ。ほかの子がなるなんて考えられない。

それに高橋さんちは、とうさんがこの村に来た時から世話になっている。地区中でいちばん親しい家だ。みや子も健をお兄ちゃんみたいに思っている。健が雄ジシになるのがうれしい。

雌ジシは五頭。これは六年生の女の子。それに四隅《すみ》に花かざりのついた笠《かさ》をかぶった女の子が四人。これは五年生と決まっている。

ところが、今年の六年生は女の子が四人しかいない。雌ジシのひとりはどうしても五年生から出ることになる。五年生からだれが選ばれるか、運動会の話になると、きまってその話になった。そして、それは、地区長さんちのさきえか、みや子だろうとみんながうわさしている。

五月に入ってすぐ、帰りの会で先生がいった。

「みんなも知っている通り、今年の鹿踊りは六年生だけでは、たらない。五年からひとり出すことになった。あすの放課後から高橋さんちのぢっちゃたちが来て教えてくれる。練習は、結構《けっこう》きついらしい。途中《とちゅう》でいやだ、代わってくれなんてわけにはいかない。これから十日《とおか》あまり、がんばってみたいと思う者は、家の人に相談してこい」

教室のあちこちで、「さきちゃ」「みやちゃ」の声がざわざわとおこった。

みや子は、ずっと小さい時から鹿踊りが大好きだったし、自分がおどれたらいいなと、あこがれていた。小学校に入学して、職員室《しょくいんしつ》前のガラスケースに並《なら》んでいるシシの頭を見た時、これをかぶって胸《むね》に下げた太鼓を打ちならしながらおどる自分を想像《そうぞう》し、うっとりした。

それが、一年早くおどれるかもしれない。しかも大好きな健ちゃといっしょに。心がおどった。とうさんだって、きっと賛成《さんせい》してくれる。すぐにでも、「はい、やります」と、手をあげたかった。

教室を出て昇降口《しょうこうぐち》へ歩いていくみや子の耳に、さきえをまん中にして階段《かいだん》をおりてくるしげ子たちの声がとびこんできた。

「さきちゃ、あんた、『鹿踊《ししおど》りやる』って、いうでしょ。五年生から出るったら、あんたしかいないもんね」

「そうだよ、さきちゃ、がんばってね」

「わたしだって、やりたいよ。でも…」

「じゃ、あした、まっ先に『やります』っていいなよ、ね」

「でも、わたし、体育、苦手《にがて》だもん」

「体育なんて、関係ないよ。さきちゃの家は地区長だし、さきちゃの兄《あん》ちゃ、一昨年《おととし》の雄《お》ジシ、やったじゃん。さきちゃ、やりなね」

「あたいも賛成《さんせい》だな。鹿踊りは、この地区の伝統芸能《でんとうげいのう》だって、うちのばっちゃいってたよ」

「そうだよ。『よそもんなんかにやらせられね』って、うちのとうちゃもいってるもん」

「よそもんは、よそもんだよね」

しげ子は、下駄箱《げたばこ》の前に立っているみや子を見ると、わざと聞こえるようにいった。

「そうだよ。もともとの地区の子がおどらなきゃね」

「さきちゃがやるっていったら、みんなで手はたくからさ」

しげ子たちは、さきえを囲んで昇降口《しょうこうぐち》を出ていった。さきえが肩《かた》ごしに、ちょっと振《ふ》り返《かえ》った。

—よそもん—

体がきゅーんとかたくなった。

みや子は、とうさんがよく話していたことを思い出した。

「とうさんが、牛を飼《か》いたくてここへやってきた時、『よそもんに何ができる。じきに尻《し》っぽまいて逃《に》げ出《だ》していくさ』と、いう目でみんなから見られていた。とうさんは、なんとかして早くみんなと仲間になりたかった。

だから、道で会う誰《だれ》にでもこっちから声をかけた。土地の言葉で話さなくちゃと、一所懸《いっしょけん》命《めい》おぼえたよ。だけど、五年たってもよそもんっていわれて相手にされなかった。

十年たって、やっととうさんが本気でここに住もうとしていることが、少しずつみんなに分かってもらえた。それから地区の寄《よ》り合《あ》いに出て、ものがいえるようになったんだ。新しい土地になじむということは、容易《ようい》なことじゃないんだよ」

かあさんはいちいちうなずきながら聞いていた。だけど、みや子は、とうさんの話が少し大げさなんじゃないかと思った。

(わたしは、ここで生まれて、大きくなった。友だちもいるし、みんなと仲よくしている。誰からも仲間はずれにされたことなんてない。みんな同じ仲間だ)

と、思っていた。

でも、とうさんのいっていたことは本当だったのだ。みんなは、心の中でわたしをよそもんと思っていたのだ。


「みやちゃ」

下駄箱《げたばこ》の前で、じっと立ちつくしていたみや子の肩《かた》を、誰《だれ》かがぽんとたたいた。はっとして振《ふ》り返《かえ》ると、健《けん》が白い歯をのぞかせて笑っていた。

「みやちゃ、何ぼんやりしてた？」

「あっ、健ちゃ」

「どうした、目のまわりが赤いよ」

「ううん、なんでもない」

ふっと涙《なみだ》がこぼれそうになるのをこらえて、みや子は足元を見つめていた。

「ねえ、みやちゃ。これからちょっと家へ寄《よ》らないか。じっちゃが、鹿踊《ししおど》りのはやし方集めてんだ。音合《おとあ》わせするんだって。聞いてけよ」

「ほんと、聞きたい」

「まわり道だけど、いいよね」

「うん」

うなずいて、少し心配になった。寄り道して、いつもの牛の世話をする五時半ごろまでに帰れるだろうか。校舎《こうしゃ》正面の大時計を見上げると、四時ちょっと過《す》ぎている。

「ちょっとだけ聞いて帰るね」

健の後ろを追いながらいった。

「ああ、そうしろよ」


健の家は、学校からみや子の家と反対方向に二十分ほど行ったところにある。

若葉《わかば》の芽吹《めぶ》いた道を健とならんで歩いた。

背《せ》の高い健がすっすっと歩くと、小さいみや子は時どき小走りになる。どこかで、もうすっかり上手になったウグイスが鳴いている。道ばたには、ハルジオン、アザミ、ホタルグサなどの花々がまっさかりだ。

「ねえ、健ちゃ、雄《お》ジシ、おどるんでしょ」

「うん、今日、先生からいわれた。じっちゃんからしっかり教えてもらえって」

「健ちゃのシシ、きっとすてきだろうなあ」

「ああ、一所懸命《いっしょけんめい》、練習するさ」

「じっちゃに習えるからいいね」

「みやちゃ、みやちゃも雌《め》ジシ、おどるんだろ。五年から出る子、みやちゃだって、六年生みんないってるよ」

「ほんと？」

「みやちゃなら、きっとうまくおどれるよ」

「健《けん》ちゃも、そう思ってくれてる？」

「うん、もちろんだよ」

みや子の胸《むね》の中がほかっとあったかくなった。だけど、だめなんだ。

「わたし、だめだよ。よそもんだもの」

「よそもん？　なんで、みやちゃがよそもんなんだよ」

「だって、みんなが、そういってるもん」

「みやちゃは、よそもんなんかじゃないよ。おれと同じここの子だよ」

「だって…。とうさんもずっとそういわれていたっていうし、わたしもそういわれたもん」

「みやちゃは、よそもんじゃない。みやちゃのとうさんは、もうずっとここで牛飼《か》って、畑たがやしてさ。うちのとうちゃと同じでないか。みやちゃも、ここで生まれて、ここの学校へ行って、みんなとどこがちがうんだい」

「わたしもそう思ってた。だけど、みんなが」

「だれがなんていったて、みやちゃはここの子だよ。おれは、そう思ってる」

「ほんと？」

「あたりまえだろ」

健は、みや子の肩《かた》に手をかけ、うつむいた顔をのぞき込《こ》んで、きっぱりいった。

みや子は、腹の底から熱いものがどっくんどっくんつき上がってきた。ほほがぽっぽと熱くなった。

健ちゃのいう通りだ。しげ子たちのいっていたことなんて、なんでもないと思えてきた。

「みやちゃ、元気出せよ。みやちゃがめそめそするなんてらしくないよ。六年生に負けずにおどれよな」

こっくり。耳まで熱くなっているのが健に知れそうで、ちょっぴりはずかしかった。


「おかえり。あら、みやちゃもいっしょ」

庭に引きこんだ流れでワラビを洗《あら》っていたおばちゃんが、にこっと笑った。

「うん、みやちゃに、『じっちゃが鹿踊《ししおど》りのはやし合わせやってる』ってさそったら、『いく』っていったから」

「そう、もうじき終わると思うけど、さあ、おあがり」

おばさんの声をかき消すほどの勇ましい笛や太鼓《たいこ》の音が外までひびいてくる。高橋《たかはし》さんの家は、昔、この辺の庄屋《しょうや》をつとめたほどの大きな家だ。

健《けん》とみや子は、長い廊下《ろうか》を歩いて、そっと奥《おく》の座敷《ざしき》をのぞいた。横笛はじっちゃと健のとうさん、大太鼓、小太鼓、それに鉦《かね》。

高く低く、ゆったりと、時に、するどく流れる笛の調べ。鴨居《かもい》にはった山神様のお札をびりびりとふるわせる勇ましい太鼓のひびき。

細かく打ちならす小太鼓。そして、チチチ、チリチリとすんだ鉦《かね》の音《ね》。

笛が長く尾《お》を引き、小太鼓の細かいリズムの後、ドドーンと大太鼓がなって、はやしは終わった。

みや子は、つめていた息を、「ほっ」と、大きくついた。

二人は、いつの間にかしっかりと手をにぎり合っていた。手のひらがじっとりと汗《あせ》ばんでいる。

「みやちゃ、ぎでだっか」

じっちゃが、まっ白な長いまゆげの下から笑いかけた。

「健ちゃがさそってくれたから」

「そうか、そうか。あずから練習さはずめるでな。けっぱらねばなっす」

みや子は、どうしても鹿踊《ししおど》りに選ばれたいと、また思った。

「みやちゃ、もう五時だよ。帰らねばならんのじゃない」

手をふきながらおばちゃんが顔を出した。

「えっ、五時‼」

みや子は、とび上がった。

放牧場の入り口に集まって鳴きたてる牛たち。サイロからフォークでエンシレージを篭《かご》につめているとうさん。顔をまっ赤にしてそれを牛小舎《うしごや》に運んでいる浩太《こうた》、洋平《ようへい》。今晩《こんばん》たくまきを一輪車にのせて運んでいる純平《じゅんぺい》。

そして、帰ってくる牛の乳《ちち》をしぼるのを気にしながら、夕飯のしたくをいそがしくしているかあさん。

みや子の頭の中でそれらが一ぺんにぐるぐるっとまわりだした。どうしよう。

「おばちゃ、わたし帰る。さよならっ」

ランドセルをしょうのももどかしく、運動靴《うんどうぐつ》をつっかけて走り出た。

「みやちゃ、電話しといてあげるから、気をつけてお帰り」

おばちゃんの声が追いかけてきた。

「みやちゃ、送っていくよ。待ちな」

健《けん》が追いかけてきて、みや子と並《なら》んで走った。学校まで十五分。それからどんなに走ったって三十分じゃ行かれない。六時近くになってしまう。とうさん、おこっているだろうな。ごめん、かあさん。

「みやちゃ、近道して行こう。川、飛《と》び越《こ》えて、学校の裏山《うらやま》ぬけていけば、みやちゃんちの放牧場の横に出る。ずっと早いよ」

健が走りながらいった。

「そんな道、あるの?」

「ちゃんとした道じゃないけど通れる。おれ、知ってんだ」

健は立ち止まると、ガードレールを長い脚《あし》でひょいとまたいだ。みや子にも手をかしてくれた。ガードレールの外は、草の茂《しげ》った急な斜面《しゃめん》だ。その下は川が流れているが、上からは見えない。

健は体をななめにして、すすっとすべり下りていった。途中《とちゅう》でちょっと止まり、そこから大きくジャンプして川の向こう側の草むらに飛びおりた。

「さあ。みやちゃ、途中《とちゅう》に出っぱった岩がある。そこまでおりたら、思いっきり飛ぶんだ」

「うん」

うなずいて下をのぞきこんだが、草の茂《しげ》ったがけはどこが岩だか川だか分からない。だけど、(健《けん》ちゃのところまでいけば)と、勇気を出してがけをすべり下りた。かたい岩があった。

「そら、みやちゃ、おれんとこまで飛べ」

健が両手をひろげて大声でいった。一つ深呼吸《しんこきゅう》して、思いっきり飛んだ。

あっ。

足元がずずっとくずれた。何かに足をとられた。バランスがくずれ、健の足元にドスンところがった。

「痛《いた》っ」

「みやちゃ‼」

健の叫《さけ》び声《ごえ》と、左手のひじにものすごい痛みがずきーんと走ったことだけは覚えている。

——四方に、まゆ玉のようにピンクの花をつけた細竹を三本ずつ立てた花笠《はながさ》をかぶった女の子がひとりずつ立っている。細竹がゆらゆらとゆれる。しげちゃもともちゃも、お化粧《けしょう》したほほがもも色にそまってかわいい。

まん中に健ちゃの雄《お》ジシがいる。とがった二本の立派《りっぱ》な角《つの》。大きく見開いた目のまわりを、いかめしくふちどりした頭をふり立ててぐるりぐるりと大きくまわる。黒い衣装《いしょう》に、首から下げた太鼓《たいこ》をたたきながら、今度は脚《あし》を高くあげて、右に左に、前に後ろにす早く跳《と》びはねる。

そのまわりを、角の短い雌《め》ジシたちがまわっている。黒地に袖《そで》と上着のすそに入った赤と白のすじがあざやかだ。雌ジシは一頭ずつはねながら健ちゃのそばに寄《よ》っていき、また離《はな》れていく。

みや子も、右、左とばちをあげては太鼓をたたき、両手を大きく開いて高く跳ぶ。健ちゃが大きく両手を前につき出し、腰を低くしずめた。と思うと、速い調子で太鼓をたたきながら前こごみの姿勢《しせい》で頭《あたま》を振《ふ》りたて、つつつーと、みや子のそばに寄ってきた。みや子も健ちゃに合わせてトトトッと細かく太鼓をたたき、健ちゃの背中《せなか》に寄りそっておどる。くるりとみや子がまわる。健ちゃも大きくまわる。二人の速い動きと太鼓の音がぴったりと合う。すんだ笛の音が高く低く鳴りわたり、鉦《かね》がチリチリと高くひびく。その間をぬうようにとどろく太鼓。二人の背にぴんと立った白い長い二本の羽が大きくゆれる。

ほかのシシが二人の間にわりこんできた。

六頭のシシは、小太鼓とかん高い笛、鉦の速いリズムに入《い》り乱《みだ》れておどりくるう。

ああ、健《けん》ちゃから離《はな》れちゃった。早くそばに行かなくちゃ。だめだ、手が重い。太鼓《たいこ》がたけない。健ちゃ、どこ――。

「みや子ちゃはいい子だ　ねんねしな、
みや子ちゃはいい子だ　ねんころり、
みや子ちゃのおもりは　どこへいた、
みや子ちゃの………　　　　　」

どこかでかあさんの歌う声が聞こえる。

みや子は、目を開けた。まっ白な天井《てんじょう》に青白い蛍光灯《けいこうとう》が光っていた。ここはどこ？

「………あの山超《こ》えて　里へいた」

そっと頭を上げると、かあさんがみや子の足の方でかるくふとんをたたきながら、小さな声で歌っていた。

「かあさん」

「ああ、みや子、気がついたのね」

「ここ、どこ？」

「久慈《くじ》の病院よ」

「久慈‼」

「そう、みや子、健ちゃと近道しようって、川飛んだでしょ。そして、飛びそこなって」

（ああ、そうだっけ。健ちゃのところまで飛ぼうとしたんだ。そうして）

「左手の腕《うで》、折っちゃったのよ。すぐ健ちゃのおじさんがくるまでここへ運んでくれたのよ」

「かあさん、ごめんなさい。わたし」

「いいのよ、みや子。健ちゃが話してくれたわ。健ちゃ、とっても責任感《せきにんかん》じちゃって、さっきまでおじさんといてくれたの」

「わたしが鹿踊《ししおど》りに出られないかもしれないってがっかりしてたら、健ちゃがさそってくれたの。時間、忘《わす》れちゃってごめんなさい。とうさん、おこってる？」

「ううん、みや子がやりたがっていた鹿踊り、こんなことになってかわいそうだって」

「わたしのけが、大変なの？」

「うん、ちょっとね、骨《ほね》が折れてるらしいからね。今日はとりあえず痛《いた》み止《ど》めしてね、あしたもう一度レントゲンでよく見て、手術《しゅじゅつ》することになるだろうって」

「手術‼　じゃあ、入院してなくちゃだめ」

「そうね。三週間ぐらいかなって、お医者様おっしゃってた」

「かあさん、それで、今晩《こんばん》いてくれるの」

「ええ、とうさんが、いてやれって」

「だって、牛の世話やなんかは」

「大丈夫《だいじょうぶ》。みんなで何とかするからって、それよりみや子。かあさん、みや子のこと、子守《こもり》歌《うた》うたって寝《ね》かしつけたことなんかなかったと、今思ってたの。みや子は、いつもひとりで泣き寝入りだったなあって」

「かあさん、それで、子守歌うたってくれてたの」

「そう、安心して眠《ねむ》りなさい。かあさん、ちゃんといてあげるから」

「うん」

気がつくと、左手は、体の横側にぐるぐるまきにされていた。

ああ、鹿踊《ししおど》りだめになっちゃった。健《けん》ちゃとおどれなくなっちゃった。それに、このいそがしい時にかあさんに世話かけちゃって。

ぐぐぐっと胸《むね》がいっぱいになった。鼻の奥《おく》がつーんとなり、目尻《めじり》から涙《なみだ》がつつうと流れた。

かあさんが、そうっとそれをふいて、

「みや子、来年もあるんだもの。来年しっかりおどればいいよね」

と、いってくれた。かあさん、ごめんね。

三週間の予定だったけれど、みや子は半月で退院《たいいん》できた。

その間、健は毎日電話をくれ、休みの日には見舞《みま》いにきてくれた。

「みやちゃ、ごめんね。みやちゃをあんなところにさそって」

「ううん、いいのよ。だけど、健ちゃと鹿踊り、おどりたかったな」

「みやちゃ、来年は田野畑村《たのはたむら》の百年祭だろ。山地小の鹿踊りもきっと出るよ。運動会と二度おどれるんだよ。いいじゃないか」

「ううん、わたし、健ちゃと……」

「おれも、きっと見にくるからさ」

健は、来年は中学生。みや子は、二人で聞いた、あのおはやしを思い出していた。

鹿踊りは結局、五年生はさきえにきまった。みや子の左手の包帯はまだとれないけれど、運動会には、全校綱引《つなひ》き以外はどの種目にも参加した。

とうさんが考えた仮装《かそう》コンクールの『牛の親子』も、洋平《ようへい》がつまずいて浩太《こうた》から離《はな》れ、子牛がまっ二つに分かれて、大笑いされたけど、二等賞に入った。

健《けん》の鹿踊《ししおど》りは、みや子が夢《ゆめ》の中で見た以上に堂どうとして立派《りっぱ》だった。今までの誰《だれ》よりもすばらしいとみんなが拍手《はくしゅ》した。みや子も腕《うで》の痛《いた》いのも忘《わす》れて拍手した。健とおどれなかったことは、ちょっとさびしかったけど、くやしくも悲しくもなかった。

(わたし、健ちゃといっしょにちゃんとおどったもんね。来年は健ちゃが『みやちゃよかったよ。とっても立派だったよ』って、ほめてくれるように精《せい》いっぱいおどるもんね)

そうしっかり心にきめながら、もう一度、二人で聞いたあのはやしを思い出していた。

東北風《やませ》の吹《ふ》くころ

「おーい、牛入れに行くぞう」

外でとうさんがどなっている。

「はーい」

みや子は、牛追《うしお》い棒《ぼう》を持って飛び出した。

もう、とうさんの肩巾《かたはば》の広い後《うし》ろ姿《すがた》は、農具小屋の角を曲がっていく。そのあとから、短い木の枝《えだ》を持った洋平《ようへい》と純平《じゅんぺい》、まるっこい浩太《こうた》がふざけながらかけていく。

みや子も走った。

放牧地へ続く両側の雑木林《ぞうきばやし》もすっかり若葉《わかば》にかわり、まだ明るい夕方の光に光っている。

風にのってにおってくるのはシイの花だろうか。牧柵《ぼくさく》に着いた。

とうさんの姿を見ると、牛たちは、「モオーッ、モオーッ」と、鳴きたてる。

「ガラン、カラン、ゴオン、コロン」と、牛たちの鈴《すず》の音が、にぎやかにやわらかい春の夕空にとけていく。

「よーし、待て、待て。今、開けてやるぞ」

待ちきれず柵を押《お》してくるキタの頭をぽんとたたいて、とうさんはギイッと牧柵をいっぱいに開けた。待ちかねた牛たちは、ひとかたまりになって牛小舎《うしごや》へ向かって歩き出した。

その時、みや子は、「おやっ」と、思った。いつもいちばん先に飛び出してきて、みや子に頭をすりつけてくるキヌコが、群《む》れの後からのろのろとついていく。へんだ。キヌコはいつもならまっすぐ牛舎《ぎゅうしゃ》へ入ろうとしない。道ばたのクマザサを引っぱったり、タンポポの葉をつまんだり、道草ばかりしている。このいたずらキヌコを追っていくのがみや子の役目だ。

「キヌコ、ほら、みんな行っちゃったよ」

おしりを牛追い棒でつついてやる。

「道草してるんなら、先へ行っちゃうから」

背中《せなか》をたたいていうと、キヌコは長いまつ毛をぱちぱちさせて、「もっと遊んでいたいよう」とあまえた声で、「ウモォオー」と、鳴くのだ。

それが、今日はちがう。首をたれ、みんなの後からのっそり、のっそり歩いている。

「とうさあん、キヌコ、おかしいよ」

先頭を歩いているとうさんに声をかけた。

「そうだな、元気ないな。あとで見てやろう」

そういいながら牛小舎《うしごや》に入っていった。

キヌコとシラネは、子牛小舎に入れる。やっと二頭を小舎に入れた時、乳しぼりがもうはじまっていた。

しっぽを天井《てんじょう》からぶらさがったひもで高くつり上げ、熱いタオルで乳房《ちぶさ》をごしごしふいてやる。静脈《じょうみゃく》の浮《う》き出《で》た大きな乳房はたちまち赤みをましてくる。乳房の先の四つのピンクの乳首をきゅっきゅっとしごく。まっ白な牛乳《ちち》がしゅっしゅっとほとばしる。それを搾乳機《さくにゅうき》につけるとホースの中を牛乳《ちち》がどくっどくっと流れていく。牛たちは、前においたエンシレージをもぐっ、もぐっとやりながら目を細めている。一日張《は》った乳房をしぼられるのが、気持ちいいのだろう。

「キヌコ、今日も四キロでいいかしら」

スミコからしぼった乳《ちち》をバケツにとり、天井から下がった秤《はかり》にかけてかあさんがきいた。

「いいだろう」

エドの腹の下からとうさんがこたえた。

「みや子、これ、キヌコに飲ませて」

「はーい」

キヌコの柵《さく》の前にとりつけてあるバケツに乳《ちち》を流しこんだ。白いあわがたち、乳のあまい香《かお》りがほわっとあがった。

「ほら、キヌコ、おなかすいたでしょ」

いつものキヌコは、乳を入れるのが待ちきれないように「モオーッ、モオーッ」と、さいそくする。でも、今日は、「モオー」と、小さく鳴いてみや子を見つめただけだ。

「どうしたの、キヌコ。ほら、おあがり」

鈴《すず》のひもを引っぱって、柵からつき出ているゴムの乳首に引きよせた。キヌコはちょっといやいやをしたけれど、やっと乳首に吸《す》いついた。ゴックン、ゴックン。

「ほらね、おいしいでしょ」

キヌコの首を軽くたたいてやって、さっきから乳をねだっているシラネの乳をとりにもどった。

「ゴオーン、ゴン、ゴン」

子牛小舎から大きなせきが聞こえてきた。

「キヌコ！」

あわてて小舎へひき返した。キヌコがせきこんでいる。乳はまだ三分の一も残っている。

「どうしたのキヌコ。ゆっくりお飲み」

柵《さく》をくぐって、大きく波うっている胸《むね》をさすってやる。

「ゴオン、ゴオン、ゴン、ゴン」

せきは治まらず、口から乳《ちち》とよだれがたれる。

「キヌコ、どうしたの」

かあさんがとんできた。キヌコの首をなで、

「乳にむせたのかしら」

と、ふりむいて、とうさんにいった。

「いや、今までにむせることなんてなかっただろ。みや子、しばらく様子をみててやれ」

とうさんはキヌコの鼻面《はなづら》を軽くたたいた。

「うん、さあ、もう大丈夫《だいじょうぶ》でしょ。お飲み」

波うっていたキヌコの胸がだんだん静かになった。みや子はキヌコを乳首《ちくび》におしつけた。

やっと吸《す》いだしたと思ったらじきぷつんと離《はな》してしまう。いつもは全部飲んでも、もっと、もっとせがんで「ウンモー、ウンモー」と、鳴くのに、キヌコの頭を両手ではさみ、おでこをくっつけた。あまい乳のにおいがした。

キヌコの長いまつ毛のまっ黒い瞳《ひとみ》は、きらきら光っているはずなのに、今日はどんより眠《ねむ》そうだ。

「そうだ、キヌコ、大好きな指しゃぶりやろ」

みや子は、鼻先に親指をつき出してやる。キヌコは大喜びでチュッと吸う。

「痛《いた》いよ。キヌコ」

指を引っこめると、首をふって「まだ、いやだ」と、せがむ。吸わせる、引っこめる。吸わせる。キヌコの大好きな遊びだ。だのに、キヌコは出した指をお義理《ぎり》にちょっと吸っただけで、けだるそうに頭をゆらゆらとふっている。また、せきだ。

「ゴオン、ゴン、ゴン、ゴオン」

「とうさん、キヌコやっぱりおかしいよ。乳も残したし、またせきしてるよ」

「乳、残した‼　おい、はかってみろ」

「ええ」

かあさんは急いでバケツをはずした。

「八百ぐらい残ってるわ。それに鼻もかわいてるようだし」

「ゴホン、ゴホン、ゴオーン」

「かぜひいたかな。熱はかってみろ」

かあさんは、すぐ体温計を持ってきた。

「みや子、しっかりおさえてて」

いやがって後足でけるキヌコの肩《かた》を両手で力いっぱいおさえつけた。浩太《こうた》も手伝った。

「いい子、いい子だからじっとしてるのよ」

かあさんはキヌコの腰《こし》をなぜて、お尻《しり》に体温計を差しこんだ。キヌコはぴくんとはねた。

「やっぱり、熱、少しあるわ」

「かぜだな。今夜は小舎《こや》に入れとこう」

「そうね。高橋《たかはし》さんとこも三頭やられたって」

「たちの悪いのが田代《たしろ》の方ではやってんだと」

「とうさん、キヌコ、大丈夫《だいじょうぶ》」

「大丈夫だ。あしたいちばんに獣医《じゅうい》を呼《よ》ぶから」

とうさんは、キヌコの口を開けてのぞきこんだり、胸《むね》に耳をつけたりしていた。

キヌコは、秋の終わりに生まれて、地ふぶきの吹《ふ》き荒《あ》れる真冬も病気もせず、放牧地で元気にすごした子牛だ。ちっとぐらいのかぜなんかに負けるものかと、みや子は思った。

「キヌコ、かぜなんか。すぐ治っちゃうよ」

「いや、牛は、かぜくらいなんて馬鹿《ばか》にできないんだ。特に、今は青草食ってないから抵抗《ていこう》力《りょく》ないしな」

「…………」

「とにかく、あすいちばんに獣医だ」

とうさんは干《ほ》し草《くさ》小屋から干し草をひとかかえかかえてきて、キヌコの下にしいてやった。

よく朝、みや子は起きるとすぐ牛小舎へ行った。キヌコのせきが聞こえる。小舎に入ると、キヌコは後足を折ってすわっていた。一頭の牛もいないがらんとした小舎の中に、キヌコのせきが鐘《かね》のようにひびいている。

「キヌコ」

わきにそっとしゃがむと、「ウモー」と、小さく鳴き、みや子を見つめてよろよろっと立ち上がった。ぼんのくぼをそっとなでながら、

「すわっておいで。みんなが帰ってきたら、乳《ちち》飲ませてあげるからね」

と、いった。キヌコの目は熱のためかとろんとして、鼻面《はなづら》がかさかさにかわいている。

「ゴオン、ゴン、ゴン」

キヌコは前足をつっぱってせきこんだ。

せきこむ胸をみや子は一所懸命《いっしょけんめい》にさすってやった。朝の乳は半分も飲まなかった。

「まいったな。乳飲んでくれないと、体力おとろえる一方だし」

とうさんは、腕組《うでぐ》みをしてはげしくせきこむキヌコをじっと見つめていた。

「昨日《きのう》の朝まであんなに元気だったのにね」

「とにかく獣医《じゅうい》が来たらよくみてもらうから、みや子たちは心配しないで学校へ行け」

「うん、キヌコ、元気出せよ」

「早く帰ってくるからいい子にしてろよ」

洋平《ようへい》までおませなことをいっている。

学校へ出かける時も、せきこむ声がいつまでも追ってきた。

みや子はバレーボールの練習を休んで急いで帰った。トド岩をまわるとせきが聞こえた。

「キヌコ、やっぱりかぜだって」

「うんと悪いの」

「今年はあちこちで悪いかぜがはやっていて、肺炎《はいえん》になって死ぬのが多いんだって」

かあさんは心配そうだ。

「キヌコ、肺炎になるかなあ」

「ううん、まだそこまではいっていないけど、これからも毎日、注射《ちゅうしゃ》うつんだって」

「注射‼　痛《いた》いんだろうねえ、キヌコ」

注射をしてもキヌコの具合《ぐあい》はよくならない。

三日め、乳《ちち》を飲まなくなった。

寝《ね》そべってばかりいて、みや子やとうさんの顔を見ると、後足をふんばり、頭をあげて立とうとするが、がくんと脚《あし》をおってしまう。

せきはますますひどくなった。その合間《あいま》に、「苦しいよう、胸《むね》が痛いよう」と、訴《うった》えるようにじっと見つめる。目やにか涙《なみだ》か、目のまわりにがちがちにこびりついている。かわいた鼻から水っぱながよだれといっしょにたれている。とうさんは、一升《しょう》びんに乳を入れ、口をこじ開けてのどの奥《おく》に流《なが》し込《こ》んでやった。

キヌコはいやがって頭をふる。かあさんがそれを両手でかかえこみ、あやすように、

「キヌコ、いやでも飲まなきゃだめなの」

と、いっている。のんきな浩太《こうた》も、時どきキヌコをいじめる洋平も、心配顔でくっついている。

「チュヌコ、おれもかぜぇの時、にがーいおくちゅりのんだんだじょ」

純平《じゅんぺい》がキヌコの柵《さく》に手をかけていった。

やっと飲ませた乳も、せきこむとガボッとはいてしまう。また、飲ませる。キヌコは、みるみるやせていった。ふっくらした腰《こし》は三角にとがり、あばら骨《ぼね》が数えられるくらいになった。肺炎になったのかもしれない。

学校からいつものように急いで帰ろうとしていたみや子のそばにあき子が寄《よ》ってきた。

「みやちゃ、今日も練習していかないの」

「うん、ちょっとね」

「知ってる？　今日サーブのテストがあるんだよ。それでレギュラー決めるんだって」

「ほんと‼」

「うん、ともちゃは背《せ》も高いし、トスもスパイクもうまいからきっと入るよね。あとは、みやちゃだっていってるけど、ずっと練習休んでるし、今日休むとしげちゃになるかもよ」

みや子は五年生の中でも小さい。だけど運動神経《うんどうしんけい》は抜群《ばつぐん》だし、練習もレギュラーになりたいと、人一倍がんばってきた。それに、サーブには自信がある。残って練習していきたい。でも、帰らなくちゃ。せきこんでいるキヌコが目の前にうかぶ。今ごろ浩太《こうた》と洋平《ようへい》が胸《むね》をさすってやっているだろう。やっぱりだめだ。

ランドセルをのろのろとしょった。

廊下《ろうか》を六年生のかよ子が走ってきた。教室の入り口からのぞいて、大声でいった。

「みやちゃ、おそいよ。早くおいで」

「はいっ」

むちゅうでランドセルをおろした。手早く体育着に着替《きが》え、シューズをはいた。キヌコのうるんだ瞳《ひとみ》がうかんだ。それを振《ふ》り払《はら》うようにシューズのひもをぎゅっとむすんで立ち上がった。

(キヌコの世話は、きっとみんながみてくれる。でも、わたしは今日は絶対《ぜったい》休めない)

体育館に走る。円陣《えんじん》パスがはじまっていた。

「みや子っ、おそいぞっ」

先生の声がとんできた。

三日休んでいるうちに、みんなぐんとうまくなった。先生がばしっと投げおろす球を腰《こし》を低く落として身軽に受けるのは、みや子の得意だった。だけど、しげ子のほうがうまくなった。低く来た球をポーンと高くあげて、とも子につなぐのもうまくいかない。みや子はあせった。ボールに集中しようとすればするほど、キヌコのせきが耳の底でする。やせたキヌコがちらちらする。

「みや子っ、なにぼんやりしてるんだっ。三日も休んで、その上おくれて来てっ。やる気ないなら帰れっ」

先生のボールが飛んできた。バシッ、バシッ。右に左に続けて飛んでくるのを、みや子はころげまわって追った。だけど、みや子の頭のすみにキヌコのせきがひびき続けていた。

キャプテンの六年生のえみが手をとめた。

「先生、みやちゃの家の子牛が死にそうなんです。それで練習にも出られなかったんです。きっとみやちゃ、それで集中できないんだと思います」

「ほんとか、みや子」

「はい」

汗《あせ》と涙《なみだ》でぐちゃぐちゃになってうなずいた。

「ばかっ、そんな大事な時に出てくるやつがいるか。練習なんて、子牛がよくなってからだっていくらでもできる。すぐ帰れっ」

みや子は、わあっと泣き出しそうになるのをぐっとこらえて、体育館を走り出た。

牛小舎《うしごや》にかけこんだとたん、

「こんなおそくまで何してたんだっ」

いらいらしたとうさんのどなり声。

「ごめんなさい。バレーボールの…」

「今、どんな時か分かんないのか。バレーなんてのんきなことといって」

「だって、今日は、サーブのテストで…」

「なにがバレーだ。サーブテストがどうした」

「今日休むと、レギュラーからはずされちゃうっていわれたんだもん」

先生や友達に励《はげ》まされて、かけ通しにかけて帰ってきたのに、とうさんは分かってくれない。みや子は、とうさんがうらめしかった。

「バレーとキヌコとどっちが大事なんだ」

キヌコのせきより大きな声で、またどなる。

(みんなやってんだよ。休むのわたしだけなんだよ。とうさんたら、牛、牛って、牛のことばっかりで、わたしのことなんか…)

胸《むね》がいっぱいになり、涙がつつーとあふれてきた。

「みや子、よく分かってるのよね。さあ、早く行って、キヌコ、みてやりなさい」

かあさんが、そっと背中《せなか》をおした。

子牛小舎では、浩太《こうた》がキヌコの頭をおさえ、洋平《ようへい》がスプーンで一さじずつ乳《ちち》を口の中に流《なが》し込《こ》んでいた。二人とも口をとがらせ、目はつり上がって、みや子が入っていったのも気がつかない。そうなんだ。今、キヌコをみんなで守ってやらなきゃいけないんだ。胸の奥《おく》から熱いかたまりがずーんとつき上げてきた。

次の日、キヌコはとうとう立てなくなった。腰《こし》がぬけたのだろう。前足だけは必死につっぱっている。前足をおると、肺《はい》が押《お》されて苦しいからだととうさんが教えてくれた。

脱水状態《だっすいじょうたい》がさらにひどくなり、大きくひび割《わ》れた鼻面《はなづら》には血がにじんでいる。しょっちゅう目やにと涙《なみだ》が流れ出し、長いまつ毛がごわごわだ。水っぱなも一そうひどくなった。ハッハッと荒《あら》い呼吸《こきゅう》の間に、ゴキュン、ゴキュンとしぼり出すようなせきをくり返した。

「一滴《てき》でもいい、水だけでも飲ませるんだ」

とうさんはいう。みや子はビールびんに水を入れ、口の中に少しずつ流《なが》し込《こ》んでやる。キヌコはもう暴《あば》れないが、いやいやと首をふる。浩太《こうた》がおさえるが腕《うで》が短くて頭をかかえきれない。洋平《ようへい》はつっぱったキヌコの前足の下にもぐりこんで、あごを支《ささ》えてやる。キヌコが首をふると洋平はびしょぬれだ。

「浩太、しっかりおさえてて」

「よし」

「キヌコ、しっかりお飲み。飲まなきゃ、死んじゃうんだよ」

せきの合間《あいま》をみて、くいしばった口をこじ開けて水を流し込む。やせたキヌコののどがゴクンと水を飲むたびに、三人もごっくんとつばを飲み込んだ。

その晩《ばん》、強い東北風《やませ》が吹《ふ》いた。春の終わりから夏の初めにかけて、この辺に吹く冷たい風だ。今朝、獣医《じゅうい》が「今晩あたりが山だろう」と、いっていったという。

キヌコは熱のためもうろうとしているのか、もう何をされても、体を小きざみにふるわせているだけだ。とうさんは、

「今夜は徹夜《てつや》だ。一時間おきに、水飲まそう」

と、夕飯もそこそこに牛小舎《うしごや》へかけていった。

春ももう終わろうというのに今夜は冷える。

強い風がトタン屋根をバタバタとあおり、窓《まど》の戸がカタカタ鳴っている。かあさんが、

「みや子、とうさんにもう一枚《まい》ジャンパー持ってってあげて」

と、ストーブのまきをくべながらいった。

「うん」

ジャンパーをかかえて牛小舎に入った。とうさんは、小舎のかべにビニルシートをはっていた。

「とうさん、はい、ジャンパー。キヌコは？」

「ああ、そこにおいとけ。今やっとビールびんに半分くらい水飲んだ」

「そう、よかったね。わたし交替《こうたい》しようか」

「今夜は、みや子じゃだめだ。それに明日は学校だ。早く寝《ね》ろ」

ビニルが隙間風《すきまかぜ》に風船みたいにふくらんでいる。

キヌコは、どっさり敷《し》いた干《ほ》し草《くさ》の上に前足をつっぱって、のどをぜいぜい鳴らしている。

「キヌコ」

そっと呼《よ》んでみた。キヌコはうすく目を開けてみや子をさがしたが、すぐまた目を閉《と》じた。

みや子は体ががくがくふるえてきた。

「キヌコッ」

思わず柵《さく》に手をかけた。その肩《かた》をとうさんが後ろからがっしりとつかんだ。

「そっとしといてやれ。きっと、とうさんが治してみせる」

みや子はとうさんの胸《むね》にだきついて、しゃくりあげた。

「よし、よし。みや子が泣くと、キヌコが心配する。キヌコはエドの子だ。強い子だ。めったのことではへこたれない。さあ、もうあっちへ行ってやすみなさい」

とうさんは、みや子の背《せ》をさすりながらいって、そっとみや子を離《はな》した。みや子は、とうさんは自分にもいいきかせてるのだと思った。

ふとんに入っても、みや子はなかなか寝つかれなかった。

去年の秋の終わり、今晩《こんばん》のように風の強い晩に生まれたキヌコ。雪の中でもいつもぴょんぴょん元気にはねていたキヌコ。毛並《けな》みが絹《きぬ》のようにすべすべしてるって、かあさんが名前をつけたキヌコ。いたずら好きのキヌコ。

吹《ふ》き荒《あ》れる東北風《やませ》を聞きながら、キヌコのことを次から次へと思いうかべていた。

放牧地のがけ下やクマザサの陰《かげ》には根雪が残っている。吹いてくる風はまだ冷たいが、けむった空やうかぶやわらかい雲は、もう春が来たことを知らせていた。

日当たりのよいクリの木のまわりに牛たちが思い思いに寝そべってゆっくり反芻《はんすう》している。

あれっ、キヌコが群《む》れから離れて、ふらふらと林の奥《おく》に入っていく。

「キヌコ、ひとりでそんなとこ行っちゃだめ」

みや子は大声で叫《さけ》んだ。キヌコはとまらない。林の奥は高い山の原生林へ続いている。

「キヌコ、キヌコッ」

走っていって早くキヌコを連れもどさなければと思うけれど、足が動かない。あせればあせるほど足が重い。

「キヌコ、待って」

はだかの木立《こだち》の向こうにキヌコの姿《すがた》が見えかくれする。キヌコが立ち止まった。

「キヌコ。帰っておいで」

キヌコは、うるんだ大きな瞳《ひとみ》でじっとみや子を見つめた。そしてまた、頭を下げてふりながら、とぼとぼと歩きはじめた。

「いっちゃだめっ」

両手をつき出してみや子が叫《さけ》んだ時、ばらばらと白いボールがとんできた。つき出した両の手にも、頭にも、顔にもボールは当たる。

――キヌコは――

ボールの雨の中をよろけながら森の中へ入っていく。

「ゴオン、ゴオン」

キヌコのせきこむ声がだんだん遠くなる。

「やめてっ、やめてっ」


はっと目が覚めた。

「あっ、キヌコッ」

階段《かいだん》をかけ下りた。

ストーブの前にかあさんがうずくまっていた。

「どうしたの、みや子」

「かあさん、キヌコは?」

ふたりは同時にいった。

「今ね、キヌコがひとりで山へ入ってってたの」

「大丈夫《だいじょうぶ》。とうさんがちゃんと見てるから」

「行ってみていい」

「外は寒いわよ。ちゃんと上着、着てね」

そっと子牛小舎《こうしごや》の戸を開けた。キヌコのそばの木箱にこしかけたとうさんがふりむいた。

「どうした? みや子」

「キヌコは?」

「ああ、ちょっと前に飲ませた水、もどさなかった。今、眠《ねむ》ってる」

「大丈夫?」

「うん、この様子だと今夜はもつな。心配で眠れなかったのか」

「うん、ちょっと寝《ね》たらキヌコの夢《ゆめ》見たの」

「そうか。そんなかっこうで、今度はみや子がかぜをひくぞ。心配しないで寝なさい」

「はい、おやすみなさい」

「ゆっくりおやすみ」


朝、みや子は浩太《こうた》の大声で起こされた。

「お姉ちゃん、キヌコ、乳《ちち》飲んだってよ」

「え‼」

はね起きて下へかけ下りた。

「かあさん、キヌコ、乳飲んだって」

「ええ、ほんの少しだけど、水にまぜてやったら、うまくおさまったって」

「よかったあ」

みや子は牛小舎にかけていった。浩太も洋平《ようへい》もついてきた。

「とうさん、よかったねえ」

「おう、まあ、まだほんの少しだけど、うまくおさまったらしい」

とうさんの目は落ちくぼみ、まっ赤に血走っているが、声は元気だ。

「キヌコ、よかったねえ」

みや子はキヌコの頭を両手ではさんでいった。浩太も胸《むね》をゆっくりさすっている。

「もう心配ないよね、とうさん」

「いや、まだまだ安心はできないさ。ここ四、五日はみや子も浩太《こうた》もしっかりたのむよ」

「うん」

二人は、大きくうなずいた。

いつの間にやってきたのか、純平《じゅんぺい》がとうさんの手を引っぱって、大きな声でいった。

「おれも、みりゅよ」

「そうだ。純平もだ」

純平をとうさんは高い高いをした。

キヌコはまだ立てないが、くりっとした瞳《ひとみ》で純平を見上げている。

「さあ、みんな、牛入れに行くぞ」

「はーい」

牛追《うしお》い棒《ぼう》を手に牛小舎《うしごや》を出ていくとうさんを見送りながら、みや子は何度も何度もキヌコにほおずりをした。

「キヌコ、がんばったね。強い子だね」

虫たちの夏

今年は、七月に入ってからも、毎日冷たく曇《くも》った日が続いた。

「これじゃ、牧草刈《が》りはおくれるし、レントコーンのできも悪いな」

とうさんは、毎晩携帯《まいばんけいたい》ラジオの気象情報《じょうほう》を聞きながらため息をついている。この天気は、「オホーツク高気圧《こうきあつ》が三陸《さんりく》海岸の東北地方にいすわって、冷たい東北風《やませ》を吹《ふ》きつけてくるからだ」と、とうさんが教えてくれた。

いつもなら六月末には、もうストーブをたかなくてもいいのに、今年はまだたいている。冷たい雨がしょぼしょぼ降《ふ》って、海から吹き上げてくる風は、山の上のみや子の家までぶち当たってくる。山は一日じゅう霧《きり》に包まれ、家の中には、洗濯物《せんたくもの》がいっぱいぶら下がっている。

放牧地の草もたけばかり伸《の》びて弱々しい。

つゆの晴れ間をぬって、とうさんはバキュームカーに三台ずつ二回も下肥《しもご》えを放牧地にまいた。少しでも栄養価《えいようか》の高い草を牛たちに食べさせたいからだ。

「二年続きの長つゆだ。こんなことが来年も続いたら、借金で首がまわらなくなるな」

と、かあさんと話していた。


七月のなかば、やっとつゆがあがった。

とたんにかりかりと暑くなった。ついこの間の冷たさがうそのように、太陽がぎしぎしと照りつけた。牛小舎《うしごや》の温度計は、朝から二十五度近くまであがっている。急の暑さに、丈夫《じょうぶ》なとうさんの具合《ぐあい》がよくないらしい。

「とうさん、気をつけてくださいよ」

かあさんが心配しているけれど、雨でおくれていた畑仕事や牧草刈りなど急がなければならないことがいっぱいだ。とうさん、かあさんは暗くなるまで畑で働いている。

みや子もバレーボールの練習を休む日が多くなった。汗《あせ》にまみれたみんなのものの洗濯《せんたく》、夕食のしたくはみや子の仕事になった。牛の出し入れは、浩太《こうた》と洋平《ようへい》がやる。

夏休みに入っても、猛烈《もうれつ》な暑さはかわらない。あんまり降り続いていたので、天がからっぽになったかと思うほど雨が降らない。せっかく伸びた牧草もちりちりとやけてしまいそうだ。毎朝、温度計を見ては、

「まいったなあ。こんなに急に暑くなると、牛たちが暑さ負けしてしまう」

肩《かた》を落としていうとうさんの顔色はさえない。

そんなとうさんを見ていると、「秋の試合《しあい》のために休み中もバレーの特訓やるから学校に行く」なんていえない。このごろ、

「みやちゃは、レギュラーになったのに、練習さぼってる」

「ちっとばかりサーブうまいからって、先生にあまえてるよ。あれで試合に出ようなんて虫がいいよ」

そんなかげ口が聞こえてくる。せっかくレギュラーになったのに、練習に出なかったら、レギュラーからはずされるかもしれない。でもしかたないとみや子は思う。牛たちさえ元気になってくれれば、とうさんの具合《ぐあい》さえよくなってくれれば、と、みや子はがんばった。

とうさんのいう通り、牛たちは暑さに参っているように、放牧地のいちばん奥《おく》の林の中に一日じゅう入っている。夕方、陽《ひ》がかげってからでないとおりてこない。食欲《しょくよく》も減《へ》ってきた。下肥《しもご》えをまいたわりに草が育たない。夏場は青草をどっさり食べて栄養をつけなければならないのに、草も足りない。

特に、いちばん年とった十四才のエドが弱っているようだ。白地に大きな黒のもようのつやつやした毛並《けな》みのつやがなくなった。去年の秋の終わり、キヌコを産んだ後、曲がった腰《こし》骨《ぼね》が三角にとがってきた。冬の間、後ろ足を少し引いていたけれど、元気に寒さを越《こ》したの

に。

「とうさん、エド、病気じゃないの」

「この暑さじゃ、こたえるだろう。年だしな」

放牧地から帰ってくるエドは、群《む》れの先頭に立てなくなった。時どき、小さな石につまずいて、大きな体がぐらっとゆれる。首にかけた鈴《すず》が重そうだ。

「ねえ、エドの鈴、小さいのにかえないの」

「いや、あの鈴は、リーダーの印だからな、かえたらかえってかわいそうだ」

このごろ、とうさんは、いつもエドに、「元気出せよ」「じき涼《すず》しくなるからな」などと、声をかけてやっている。エドも、うなずくように、「モオー」と、鳴いてすりよっていく。

八月に入っても三十度以上の暑さは続いた。

そして、雷《かみなり》といっしょにスコールのような雨が珍《めずら》しく降《ふ》ったよく日、家の前に直径一メートルもあるかと思う太い蚊柱《かばしら》が立った。何万とも知れぬ蚊がうずを巻《ま》いて飛びかい、ボアーンという低い羽音が不気味だった。

その夕方、牛たちを迎《むか》えに行ったみや子たちに、ウオーンと羽音をたてて、アブとブユの群《む》れがおそいかかった。

「いてえっ」

「うえー、ちくしょうっ」

みや子も両腕《りょううで》と目のわきをチクッとやられた。たちまちぷくっとはれ上がってくる。パチッとたたきつぶした手に、小さなまっ黒なブユの死がいと、べっとりと血が付いた。

浩太《こうた》も洋平《ようへい》もピシャッピシャッたたいている。

牛たちは頭を上下左右に振《ふ》り、しっぽをせわしく振っているが、アブたちはところかまわず食いついてくる。後から来たとうさんが、

「みや子、先に行って、戸、全部閉《し》めて電灯つけるなと、かあさんにいえ。そして早く飯《めし》だ。今夜あたりにヌカががやってくるぞ」

と、いった。走って帰るみや子をアブはしつこく追ってきた。

アブたちは牛小舎《うしごや》の中まで入ってきた。

いつもならつながれれば、待っていたように飼料《しりょう》を食べ出す牛たちが、足をふみ、頭を振り、しっぽを振ってじっとしていない。かあさんが新聞紙を細く巻《ま》いたのを持ってきた。

「さあ、牛についてるやつ、たたいてっ」

バシッ、バシッ、バシッ。

みや子は、キヌコとシラネのアブを追っぱらった。キヌコのまぶたに大きなやつがとまっ

ている。キヌコがまばたきしても動かない。

「キヌコ、待ってな」

つまんで床《ゆか》にたたきつけ、ぎゅっとふみつぶす。キヌコの目のふちからつうと血が流れた。

シラネがうるさそうに頭を振り、耳をぴくぴくさせている。こっちは耳の内側に二匹《ひき》。

とってやると、やっと落ち着いた。

「このやろう。よくもかみつきやがって」

「やいっ」

浩太と洋平のどなり声が牛小舎から聞こえる。

もう牛乳《ちち》しぼりははじまっていた。浩太と洋平は、エドにくっついているのをつぶしていた。エドの目のまわりや口のはたから血が流れている。ひどい。

「お姉ちゃん、エドの目のまわり、ブユでまっ黒だったんだぞ」

「耳ん中やけつの穴《あな》のまわりまで、アブのやつ食いついてやんの」

二人は、口をとがらせ、床に落ちた死がいをぐりぐりっとふみつぶした。

「みや子、赤チンぬってやって」

かあさんがトネの乳房《ちぶさ》をふきながらいった。

「そうだな。エドは体弱ってるから化膿《かのう》するといけないから、目のまわりだけでもぬっといてやれ。尻《しり》は後でとうさんが消毒するから」

みや子は薬箱から赤チンを持ってきた。洋平《ようへい》に鼻面《はなづら》をおさえさせ、浩太《こうた》は首を支《ささ》えた。

エドのきゅっと反《そ》り返《かえ》ったまつ毛に、白い毛が混《ま》じっている。エドは、不安そうにまぶたをふるわせ、みや子を見つめた。

「エド、お薬ぬるんだからじっとしててね」

エドは、いやいやをした。

「エド、ほら、いい子にしろよ」

鼻面をなぜて洋平がいった。エドの目のまわりがぐるっと赤くなった。つつっと赤い涙《なみだ》が一すじ、目頭《めがしら》から流れた。純平《じゅんぺい》が、

「うわあ、エド、赤んべえだあ」

エドの首にぶら下がって、大声で笑った。

エドは、ぐらっとよろけた。

「純平のばかっ、エド、痛《いた》がってんだぞ」

洋平にどやしつけられて、純平はぺろっと舌《した》を出して、首をすくめた。

「エド、ほれ、食べろ」

浩太がフスマをすくって口もとに出した。

「モオー」

エドは小さく鳴いて長い舌でなめている。

エドの舌が黒ずんでいるとみや子は思った。


「今夜はばかに蒸《む》す。ヌカガがくるぞ。急いで夕飯食べちまおう」

牛乳《ちち》をしぼり終えたとうさんがいった。電気もつけず、夕暮《ゆうぐ》れのうす明かりの中であわてあり合《あ》わせの夕食をすませた。あたりがすっかり暗くなった。

「もう大丈夫《だいじょうぶ》でしょう」

かあさんが蛍光灯《けいこうとう》のひもを引っぱった。

とたん、食卓《しょくたく》の上にケシ粒《つぶ》より小さなものが、音もなく降《ふ》ってきた。

「ヌカガだっ」

とうさんが電灯を消した。かあさんはあわてて戸のすき間をぴしゃっぴしゃっと閉《し》めた。

みや子は、食卓の上に新聞紙をひろげた。

体じゅうがちくちくと痛い。浩太たちも足をバタバタさせ、体じゅうをピシャピシャたたいている。とうさんが部屋じゅうに殺虫剤《さっちゅうざい》をたっぷりまいた。強いにおいがたちこめた。

「くっしゃん」「くっしゃん」

浩太《こうた》と純平《じゅんぺい》が、大きなくしゃみをした。

「もういいだろう」

電灯をつけた。新聞紙の上、流し、ガス台、食器戸棚《しょっきとだな》の上、もちろん土間にも、どこもかしこも、ケシ粒《つぶ》をまき散らしたようにうす茶色のヌカガが落ちている。目をこらすと、一ミリの半分もない小さなガが、ハタハタと動いていた。はき寄《よ》せたヌカガは、ちり取り一ぱい以上もあった。

「今年は雨が降《ふ》り続《つづ》いて、急に暑くなったから虫が異常発生《いじょうはっせい》したんだ。今夜だけじゃない。明日もまたやってくる。何しろ網戸《あみど》通しちゃうんだから。少しぐらい暑くても、陽が沈《しず》まないうちに、戸、みんな閉《し》めるんだな」

とうさんが、さされた腕《うで》をバタバタたたきながらいった。

「明日《あした》、下へ行ってアンモニア買ってこなくちゃね。こんなにさされちゃたまらないもの」

かあさんも赤くはれたほほを痛《いた》そうになぜている。

「暑さ負けの上にこう虫が多くちゃ、牛たちもたまらない。明日から牛乳《ちち》しぼり、一時間くり上げよう」

ヌカガは、毎日やってきたけど、あんなに多い日はなかった。

エドは、毎日ヤマブドウのようにたっぷり血を吸《す》ったアブやブユをくっつけて帰ってきた。みや子たちは、それをヤマブキやハギの枝《えだ》でたたき落とし、手当たり次第《しだい》につまみとってふみにじった。それでもアブたちはしつこくエドにくっついてくる。その上、よく見ると、ヌカガが毛の中まで食《く》い込《こ》んでいる。

エドの目のまわりは血うみが流れてきた。

血のにおいが分かるのか、ほかの牛にはそんなにたからなくても、エドには乳房《ちぶさ》の先まで食いついてくる。

春先に高橋《たかはし》さんのおじさんととうさんが、

「谷塚《たにづか》さん、エド、種付けせんと獣医《じゅうい》さ聞いたけんど、肉牛に手放すんかの」

「いやあ、あいつは、おれんとこの牧場さ、始めた時からの主《ぬし》だもの。一生、ここにおいといてやろうと思っています」

「んだすな。あれあ、あんだどあ、おぐさんより長いづぎ合いだもんな。アハハハ…」

と、話しているのをみや子は聞いた。

そのエドのやせがひどい。ほかの牛はみな、腹《はら》に子が入っているせいもあるが、腹がぱんと横に張《は》っている。エドだけは、だらんとたるんで腰骨《こしぼね》だけがにょっきりとび出している。

小舎《こや》の中でも寝《ね》そべっていることが多い。

「エド、つらそうだねえ。とうさん」

「獣医《じゅうい》はどこも悪くないっていうんだが、何しろ年だからな。まあ、この夏、なんとか越《こ》してくれたらな」

とうさんは、やせてたるんだエドのぼんのくぼをかいてやる。エドは、頭を押《お》しつけて目を細めている。

夕方から夜にかけて、雷《かみなり》と夕立がよくやってきたけれど、日中《にっちゅう》の暑さは、ちっともおとろえない。

とうさんとかあさんはおくれた一番草の刈《か》り取《と》りを急いでいる。去年は草の伸《の》びが悪かったから、冬のエンシレージが足りなかった。

今年は、二番もしっかり刈るつもりで、一日じゅう小型トラクターを動かしている。

だから、牛たちの世話は、みや子と浩太《こうた》が中心になった。朝五時には放牧地から牛小舎《うしごや》に入れ、乳《ちち》しぼりが終わると放牧地へ追っていく。小舎を掃除《そうじ》し、ふんは一輪車で堆肥《たいひ》おき場《ば》へ運ぶ。洋平《ようへい》、純平《じゅんぺい》までよく働いた。

牛の群《む》れは柵《さく》から三キロ以上先の森の中に入っている。エドは群れの後ろからやっとついていく。小さな岩に足をかけてずずっとすべる。杉《すぎ》の木にぶつかってよろける。おかしい。

朝、帰ってきたエドを、明るい光の当たるリンゴの木につないだ。もうアブがまわりをブーン、ブーンとうるさく飛びかっている。

エドの頭を両手ではさんで、じっとその目を見つめた。赤チンで赤くそまり、白い毛がふえたまつ毛に張《は》りがない。みや子を写す瞳《ひとみ》は白くにごって、みや子が顔を動かすと、もどかしそうに、まばたきをした。

「とうさん、エドの目、よく見えないみたい」

「ああ、前からだいぶ悪いらしいんだな」

「山へ行くのも大変そうなんだよ」

「そうだろうなあ。今日もまた暑くなりそうだし、小舎ん中へ入れとくか。そして、獣医にもう一度よく見てもらおう」

とうさんはほかの牛を追っていった。

「ウモォー、ウモォー」

牛たちがいなくなると、エドは頭をあげて悲しそうに鳴いた。首の鈴《すず》が、ガラーン、ガラーンと鳴った。エドは、見えない目で放牧場の方をさがすように鳴いている。

「エド、おまえ、みんなと行きたいの」

みや子はエドの額《ひたい》におでこをくっつけた。

「モオオォー」「モオオー」

「連れてって」と、いうように鳴く。

放牧地からとうさんが帰ってくると、また鳴いた。

「エド、みんなのところに行きたいって鳴いてるよ」

「そうか、よし、よし。やっぱりみんなといっしょにいたいのか」

しばらくエドのぼんのくぼをなぜていたとうさんは、やさしい声で、

「エド、キヌコたちを連れてきてやるからな。今日はあそこにいろ」

農具小屋の裏《うら》の雑木林《ぞうきばやし》を指さしていった。

「浩太《こうた》、こい。キヌコたち、連れにいくぞ」

「はーい」

「おれもいく」

とうさんは、大またで放牧地へもどっていった。浩太と洋平《ようへい》もその先を走っていった。

「よかったね、エド。おまえの子どもたち、連れてきてくれるって」

みや子は、見えない目をあげてとうさんの後を追っているエドにそう話しかけた。エド、かわいそう。

かあさんが、リンゴを細かく切って、洗面器《せんめんき》に入れて持ってきた。

「ほら、大好きなリンゴ、どっさりおあがり」

バリ、バリ、バリ。口のはたから細くよだれをたらして、半分ほど食べた。そして、「ふうっ」

と、大きく息をした。

「かあさん、エド、目が見えないんだよ」

「そうね。エドは人間でいえば、もう九十才以上だものねえ」

「エド、もと通り元気になるかなあ」

「よくなってほしいとかあさんも思ってるわ。でもね、獣医《じゅうい》の先生もいってたけど、エドは老衰《ろうすい》が進んでるのね。その上、虫にさされるから眠《ねむ》れないし」

「ねえ、でも、エドは強い牛だって、かあさんもいってたじゃないの」

「そうよ。エドやスミコは、とっても強い子よ。だからほかの牛じゃ考えられない十三才にもなってキヌコみたいないい子生んでくれたし、乳《ちち》だってまだ出るし、本当によく働いてくれたわ。だけど――。今度は……」

「やだ、やだ。エド、絶対《ぜったい》によくなるんだよ」

みや子は、エドの首をだいてゆすぶった。

鈴《すず》が、ガラン、ガランと鳴った。

「大丈夫《だいじょうぶ》よ。みや子。この暑さがすぎたら、きっと元気とりもどすわ」

かあさんがみや子の肩《かた》をだいてくれた。

エドとその子たちは、トネを先頭に農具小屋の裏《うら》の林に入っていった。いちばん後ろから頭をたれたエドがついていく。足の運びがたよりない。

それから毎日、エド親子は農具小屋の裏の林に放してやった。見に行くと、エドは大きなブナの木の下に寝《ね》そべって、舌《した》をだらりと出し、ハッ、ハッと荒《あら》い息をしていた。子どもたちは、エドをとりまくように涼《すず》しい木陰《こかげ》でもぐもぐ反芻《はんすう》している。かあさんを見守っているようだ。キヌコは、みや子を見ると、あまえて頭をおしつけてくる。

「よし、よし、キヌコ。かあさん、早く元気になるといいね。よくみておやり」

エドのまわりだけに、大きなアブが飛びまわっている。エドはものうげに、時どきしっぽを振《ふ》ってそれを追っている。


十日ほどすぎた。

この日珍《めずら》しくカラスが二羽やってきて、牛小舎《うしごや》の屋根にとまって鳴いていた。

夕方近く、空がまっ黒になり、ザザーッと大粒《おおつぶ》の雨が降《ふ》り出《だ》した。家の中はまっ暗になり、白い雨あしに裏山も雑木林《ぞうきばやし》も、放牧地も見えなくなった。

雨は三十分ほどでやんだ。

青紫色《あおむらさきいろ》の空に、大きな虹《にじ》がかかった。

「みんな、見てごらん。きれいな虹だよ」

夏休みの宿題の絵を描《か》いていた浩太《こうた》が、

「ちえっ、おれ、虹の絵描けばよかったなあ」

と、いいながら戸口に出てきた。純平《じゅんぺい》はストーブのそばのイスで眠《ねむ》っている。

「モオオー、モオオー」

牛たちが帰ってきたらしい。

「浩太、牛入れに行こうか」

「うん」

家の前は、ずぶずぶだ。農具小屋の裏にまわり、ブナの木の下に行ってみた。

トネもキタもキヌコも、葉の茂《しげ》ったブナの下で体を寄《よ》せ合《あ》って立っていた。エドは寝《ね》そべったまま、前足の上に頭をのせていた。

「ほら、エド、立って。びっしょりだよ。小舎に入ろうね。ふいてあげるから」

みや子はかがんでエドのあごを持ち上げた。

エドは、大儀《たいぎ》そうに頭をあげた。

「さあ、おいで」

鈴《すず》のひもを引くと後足を立てて立ち上がろうとしたが、すぐがくんと足を折った。

「どうしたの。ほら、しっかりして」

「エド、どうした?」

浩太《こうた》もあわててエドを支《ささ》えた。エドは、ゆっくりと立ち上がり、ぶるるんと大きく体を振《ふ》った。水滴《すいてき》が四方に散った。

二人は、両側から支えるように鈴のひもを持ってそろそろと歩いた。みや子は、頭を下げて、のったりのったり歩くエドがとても小さくなってしまったように思った。

洋平《ようへい》は、後になり先になりして木の枝《えだ》で、

「このやろう。あっちへ行け。あっちへ行け」

と、エドにまとわりつくアブを追いはらった。

小舎《こや》に入ると、エドはまた腹《はら》ばいになった。

一本一本、数えられるようになったあばら骨《ぼね》が、ハッハッという荒《あら》い呼吸《いき》といっしょにアコーデオンのように動いている。

みんなで古いバスタオルを何枚《なんまい》も使って、エドの体をごしごしふいてやった。タオルはすぐぐっしょりになった。タオルに灰色《はいいろ》のヌカがいっぱい着いて落ちた。エドは、目をつむってされるままになっている。体が熱い。

「浩太、バケツに水くんできて。ウォーターカップじゃ飲めないみたいだから」

「よし」

浩太がバケツを下げてきた。みや子は、手のひらで水をすくって口の中に流《なが》し込《こ》んだ。水は、口のはしからしたたりおちた。

「浩太、エド、見ててね」

「いいよ」

急いでみや子は家に入り、リンゴを三つ小さく切った。洗面器《せんめんき》に入れてもどった。

「エド、ほら、おあがり」

エドは、うすく目を開けてすぐ閉《と》じた。リンゴを二切れ、手にのせて口もとへ持っていくと、エドは長い舌でゆっくりまきとって食べた。

あとはもう食べようとしない。じっと目をつむっている。時どき、ちょっと目を開け、みや子を見るがすぐ力なく閉じてしまう。

(エド、何《なに》してほしいの)

どこが痛《いた》いとか、どう苦しいとか、何もいえないエド。何をしてやればいいのだろう。

みや子と浩太は、エドの両側にすわって、荒く波うつ胸《むね》から腹をさすり続けた。

とうさんが帰ってきた。

エドは精《せい》いっぱい目を開けてとうさんを見上げた。

「エド、どうした？」

「おかしいの」

「ん？」

とうさんはみや子を押《お》しのけてエドの側にすわった。エドは、うるんだ目でじっととうさんを見つめている。

「エド、どこが苦しいんだ？」

とうさんは、まぶたを返したり、口の中をのぞきこんだり、胸《むね》に耳をつけたりしている。

「水、飲んだか」

「ほんの少しだけ」

「何か食べたか」

「リンゴ、二切《ふた》れ」

「そうか。ほれ、エド」

とうさんは、水をすくって差し出した。エドは、ぺろぺろなめた。二回、三回。エドは、あまえるようにとうさんの手のひらをなめてる。

「よし、よし、いい子だ。ほらこれも食え」

今度は、リンゴを三切れ手のひらにのせた。

エドは長い大きな息を一つしてから舌《した》でまきとった。みやこは、（エドは、とうさんがいちばん好きなんだ）と、思った。

「みや子、放牧地の牛、入れてこい。とうさん、エドの様子、しばらく見てるから」

牛追《うしお》い棒《ぼう》を持って三人は外へ出た。

「お姉ちゃん、エド、大丈夫《だいじょうぶ》かな」

「大丈夫さ、キヌコだって、あんなに具合《ぐあい》悪くったたって、よくなったじゃない」

みや子は、自分にいい聞かせるようにきっぱりといった。浩太《こうた》も洋平《ようへい》もこくんとうなずいた。

エドは、とうさんに水とリンゴを食べさせてもらって、うとうとと眠《ねむ》った。

夕食がすむと、「エドの様子、見てくる」と、いって、とうさんは牛小舎《うしごや》へ行った。すぐ、とうさんの上ずった声がした。

「おいっ、獣医《じゅうい》に電話しろっ」

「どうしたのっ」

みんな、牛小舎《うしごや》に走った。エドは、四本の脚《あし》を伸《の》ばして、横だおしになっていた。

「エドっ、エドっ」

とうさんがエドの首をかかえてゆすっていた。

「電話だっ」

「はいっ」

かあさんが走ってもどった。

エドは赤いまぶたを閉じている。時どき、ひくっ、ひくっと小さく体がふるえる。そのたびにエドをかかえたとうさんの体もゆれた。

「エドっ」

みや子がとびついた。

びくっ、とエドは大きくけいれんし、ふうっと大きな息を吐《は》いた。そして、そのまま静かになった。とうさんが、

「エドっ」

泣き声をあげてエドをゆすった。エドは、がく、がくっとゆれた。

「だめか、エド。そんなにつらかったのか。おれは、どうして気づかなかったんだ」

よ

とうさんは、エドの頭にほおずりした。「くくっ、くくくっ」とうさんの背中《せなか》が大きく波うっている。

かあさんが、そっととうさんのわきにしゃがんで、背中をさすりながらいった。

「いそがしすぎたんですよ。あなただけがエドを見てやれなかったんじゃありません」

「おれが、おれが……。もっとよく見ててやれば……」

みや子は、二人を目を見開いてじっと見ていた。高橋《たかはし》さんちのおじちゃんにとうさんが、

「エドは、おれんとこの牧場の主《ぬし》だ」

っていっていた。そうなんだ。エドは、とうさんがこの山へ入ってきてからずっといっしょにいて、とうさんの喜びもつらさも、みんなようく知っていたんだ。その何より大切なものを、とうさんは今、なくしてしまったんだ。そのとうさんの気持ちは……。


エドは、放牧場の大きなクルミの木の下に、リンゴをいっぱい入れて埋《う》めてやった。

「来年は、エドのクルミがいっぱいなるぞ」

穴《あな》をほりながらとうさんがいった。とうさんの目は、まっ赤だ。

大きな丸い白い石を、浩太《こうた》と洋平《ようへい》がころがしてきた。

「さあ、みんな、エドに」

かあさんがお線香《せんこう》を立てて手を合わせた。

その時、とうさんは太いクルミの幹《みき》をこぶしでたたき、額《ひたい》を幹におしつけた。広い肩《かた》の力がかくっとぬけ、背中が小きざみにふるえている。その時、みや子は、

（ああ、エドがいなくなっちゃった。もうどんなことがあっても、帰ってこないんだ）

と、いう想《おも》いが体じゅうに広がっていった。

みや子は、とうさんの背中にむしゃぶりついて、声をあげて泣いた。

月夜の牧場

コトン　コトン　コトン　コト　コト
コロン　コロン　コロ　コロ　コロン
ポト　ポト　ポットン　ポトン　ポトン
トタン屋根の上を裏《うら》の林の木の実がころがっている。浩太《こうた》と洋平《ようへい》は、珍《めずら》しく仲良くお絵描《えか》きだ。純平《じゅんぺい》は、机に寄《よ》りかかって眠《ねむ》っている。静かな夕暮《ゆうぐ》れ。

みや子は、先週の土曜日に終わったバレーボールの試合《しあい》を思い返していた。出ると負けだった山地《やまち》小が、今年は地区内でベストエイトに残った。

「歴史的なことだ。来年もぜひがんばれ」

と、校長先生も松井《まつい》先生も大喜びだった。

しかも、八位までに入れたのは、みや子がうったサーブで三点を逆転《ぎゃくてん》し、勝つことができたのだ。あの時のバシッときまったサーブをみや子は忘《わす》れない。キヌコの病気、冷たい雨、ものすごい暑さ、そして、とうさんのいちばん大切だったエドの死。そのたびに、練習にも出られず、いやなこともいわれた。

だけど、もう誰《だれ》も何もいわない。みや子のサーブで勝てたのだもの。また、前みたいに「みやちゃ」「みやちゃ」と、仲良くしてくれる。エドが守ってくれたのかもしれない。

「やだあ、にいちゃん、おれんこと、鬼《おに》なんか、やだあ」

「ほうら、洋平の顔に角《つの》生えたぞう。鬼だ、鬼だあ」

「やだよう、おれ、鬼じゃないぞう」

せっかく、バレーのことを思い出していたのに、

「浩太、静かにしてよ。洋平のことかまうんじゃないの」

「おれ、洋平の顔、描《か》いてやってたんだよう」

「にいちゃん、おれんこと、鬼にするんだよ」

洋平は顔をまっ赤にして鼻をふくらませる。

「二人とも、大きな声、出さないの。純平が起きちゃうじゃないの」

ふと気がつくと、裏の林の黒い影が家を包み、家の中はもううっすらと暗くなっている。

電灯をつけた。土間がぽっと明るくなった。

もう五時。家の前のひらけた遠い空が、下の方からあい色に、高くなるにつれてすみれ色にかわっている。

みや子は、「おやっ」と思った。

いつもならこの時間、放牧地から聞こえてくる牛たちの声がしない。

「浩太《こうた》、牛の声、聞こえる？」

「……………」

「浩太ったら」

「ん？」

トラックを描《か》いていた浩太が顔をあげた。

「浩太、スミコたちの声、聞こえる？」

「うん？」

浩太は、クレヨンを持ったまま、ちょっと首をかしげた。

「聞こえないよ」

「へんねえ。もうこんなに暗くなってんのに」

「……………」

「ねえ、浩太、見に行こうか」

「やだ。おれ、これ描いてんだもん」

浩太は、すうっとたれた鼻汁《はな》をずずっとすりあげ、またクレヨンを動かしはじめた。

「どうしたのかなあ」

みや子の心の中をすうっと不安がよぎった。

牛たちは、朝晩《あさばん》六時に牛乳《ちち》をしぼる。牛もそれを知っていて、五時をすぎると放牧地の入り口に集まってきて、小舎《こや》に入れてくれと鳴きたてるのだ。その声が、今日はしない。

みや子は、今朝、とうさんが牛乳をしぼりながらいったのを思い出した。

「スミコのお産、今日か明日だな。みや子、スミコに好物のリンゴ切ってきてやれ」

スミコは、ほかの牛が牛乳をしぼられている間、大儀《たいぎ》そうに腹《はら》ばいになり、口をもぐもぐさせていた。リンゴを切って洗面器《せんめんき》に入れ、前においてやると、バリバリと音を立てて食べた。みや子は、横に大きく張《は》り出《だ》した腹にさわってみた。ぱんと張ったあたたかい腹の中で、子牛がぐるんぐるんと動いていた。

「スミコ、今度も、女の子生んでね」

みや子は、腹をさすりながら、スミコの耳にささやいた。スミコはくすぐったそうに耳をぴくんと動かした。

スミコは、とうさんが山に入った時、最初にエドといっしょに飼《か》った。エドがいなくなった今は、体もいちばん大きく二十頭のリーダーだ。スミコの生む牛は雌牛《めうし》が多い。雄牛《おうし》は、生まれて三ヶ月ぐらいで肉牛に売られていってしまう。せっかくかわいくなったのに、子牛が売られていく時は、いつもさびしく悲しい。

スミコ、どうしたのかしら。

「ねえ、浩太《こうた》、わたしちょっと見てくる。純平《じゅんぺい》たのむわよ」

「うん」

浩太は紙に目を落としたままこくんとうなずいた。眠《ねむ》っていたと思っていた純平がその時、目をこすりながら、イスからおりてきた。

「おれも行くう」

「純平おいで。浩太、牛小舎《うしごや》開けといてね」

「いいよ」

浩太は、またたれてきた鼻汁《はな》を、手の甲《こう》で横にこすった。


純平の手を引っぱるようにしてみや子は、農具小屋のわきをまわった。農具小屋から放牧地まで、右手は雑木林《ぞうきばやし》が広がり、左手はみや子の背《せ》より少し高いがけになっている。その上も雑木林で下の谷川まで続いている。

太陽《ひ》は、もう山陰《やまかげ》に沈《しず》んだけれど、西の空は、まだまっ赤に燃《も》えている。

風がさあっと雑木林を吹《ふ》きぬけていく。さやさやと金色に染《そ》まった木の葉が舞《ま》っている。

放牧地の入り口に着いた。牛の姿《すがた》は見えない。鈴《すず》の音《ね》も聞こえない。

柵《さく》をはずして放牧地を見渡《みわた》せる岩の上に登った。放牧地は、林から一段低くなった平地から向こうの山までずうっと続いている。

ついさっきまでまっ赤だった空は、もう暗い銅色《どういろ》にかわり、夕やみが林の中からみや子たちを包みはじめた。

「スミコーオー」

みや子は大声で呼《よ》んだ。

「スーミーコォ〜〜〜」

こだまが返ってくる。

「チュミイコーオー」

純平も呼んだ。みや子は何回も何回も呼んだ。でも、返ってくるのは、こだまだけ。

「お姉ちゃん、帰るう」

純平が、ぐずりだした。

「うん、帰ろうね。スミコたち、どうしちゃったんだろうね」

冷たくなった純平の手を引きながら、もう一度放牧地を振《ふ》り返《かえ》った。今までに、こんなことは一度もない。何かあったんだ。

今朝、学校へ行く時、乳《ちち》をしぼりおえた牛たちがとうさんと純平《じゅんぺい》に追われて、放牧地へ行くところだった。いつも先頭で大きな鈴《すず》をガランガラン鳴らしながら行くスミコは、大きく張《は》った腹《はら》を重そうに、群《む》れの中ほどをゆっくりゆっくり歩いていた。その代わり、フジが先頭で、後ろから来る若牛《わかうし》のキヌコやシラネを時どき振《ふ》り返《かえ》るように歩いていた。

（スミコもフジも、とってもりこうな牛だもの。何かの拍子《ひょうし》でちょっとおそくなったんだ）

そう思いながらも、みや子の胸《むね》は、とっくん、とっくん鳴っていた。

「純平、急いで帰ろうね」

純平の手をぎゅっとにぎって走った。

「お姉ちゃん、待ってよう」

「しっかり走るのっ」

いっているそばから何かにつまずいてバタッところぶ。「うわあーん」山じゅうにひびきわたるような声で足をバタバタさせている。

「大丈夫《だいじょうぶ》。大丈夫。純平は、強いもんね」

だき起こして、まだ泣きじゃくっているのを、引きずるようにして家に帰った。

「お姉ちゃん、スミコたちは？」

「いなかった」

「どうしたんだろうね」

浩太《こうた》も放牧地の方をじっと見ている。

とうさん、かあさんも、今日にかぎっておそい。五時半をすぎた。

ダッダッ　ダッダッダッダッダ　ダッ。

とうさんの車だ。

浩太と洋平《ようへい》がとび出していった。

「純平、おいで」

純平の前にしゃがんで背中《せなか》を出した。でぶっちょの純平《じゅんぺい》は、ずしんと重い。重い純平をずり上げずり上げ、みや子も走った。

車のヘッドライトがみるみる近づいてきた。

「浩太、どうした」

「スミコたち、まだ帰ってこないよ」

「なにっ‼　まだ帰ってこない‼」

「うん、五時になっても帰ってこないから、わたし放牧地へ行ってみたけど、いないの」

とうさんの顔色がさっとかわった。

「おい、おれ、放牧地、ひとまわりしてくる。高橋《たかはし》さんちに、すぐ電話してくれ」

「はい。純平《じゅんぺい》おいで。みんなも」

かあさんは、車からとびおりると、みや子の背《せ》から純平をだきとり、かけだした。

「とうさん、わたしも行く」

走り出そうとするとうさんにみや子はいった。

「よし、こい」

ドアを開けて、みや子を助手席に引っぱりあげると、車はすぐに発進した。

放牧場は、十三年前、とうさんがここに入った時、見渡《みわた》すかぎりの原生林だったという。とうさんは、それらの木をたったひとりで、一本一本切《き》り倒《たお》して放牧地にしていったのだ。

まっ暗になった空に、星がかがやきだした。

小石をはねとばし、岩に乗り上げながら全速力で走る車のフロントガラスに、星がぶつかってくるようだ。ヘッドライトで照らす道だけが白くきらきら光っている。車がとびあがる。がくんがくんとゆれる。そのたびに、みや子もかくん、かくん、ととびあがる。

「しっかりつかまってろ」

とうさんが、前をにらんだままいった。

放牧地は、次第《しだい》に傾斜《けいしゃ》をまし、道もけわしくなってきた。このあたりは、まだあちこちに昔のままの木立《こだち》が残っている。スミコたちが夏、その木陰《こかげ》で腹《はら》ばいになって、口をもぐもぐさせているところだ。

車が止まった。とうさんはヘッドライトをつけたまま車からおりた。みや子も、とびおりた。

杉《すぎ》の梢《こずえ》からバタバタッと鳥が飛び立った。

「フォーイ、フォーイ」

とうさんは、口に手を当てて大声で呼《よ》んだ。

「フォーイイイー、フォーイイイ〜〜〜」

こだまが返ってくる。あとは何の物音もしない。みや子も、ありったけの声を張《は》りあげて呼んだ。

「スミコオー、フジー、キーヌーコー」

でも返ってくるのは、やっぱりこだまだけ。

「もう少し、奥《おく》まで行ってみよう」

とうさんは、右、左を見ながら、ゆっくり車を走らせる。もう道はない。牛たちが通る森の細い道を進む。車の窓《まど》に、木の枝《えだ》がバサッ、バサッとぶつかる。タイヤの下でビシッ、ビシッとかれ草が折れる。

「フォーイー、フォーイ〜〜〜」

「スミコオー、フジー、キータ―、キヌコ〜〜」

二人の声がまっ暗な森の奥《おく》に吸《す》いこまれていく。とうとう行き止まりになった。

「みや子は、車の中で待っとれ」

車から飛《と》び降《お》りたとうさんは、地面に顔をつけ、はうように木立《こだち》の中に入っていった。

ギャア　ギャア
ホッホー　ホッホー
バタ　バタ　バタッ
森の奥で、何かがぎらりと光りすっと消えた。

大きな黒い影《かげ》が目の前の枝から枝へとんだ。

浩太《こうた》たちと遊びに来るいつもの森とちがう。

みや子は、お尻《しり》のへんがきゅっとなった。

（こんなまっ暗な森の中のどこにスミコたちはいるんだろう。何しているんだろう）

胸《むね》の中のどくどくという音が、だんだん大きくなってきた。のどがひりひりする。

ごくん、つばを飲みこんだ。でも、どく、どくっという音は胸の底からつき上げてくる。

とうさんがもどってきた。

「一たん帰ろう。飯《めし》食ったら、また来よう。高橋《たかはし》さんも来てくれてるだろうから」

車をバックさせた。車の下でゴツンゴツン小石がはねてまわりの木に当たった。

帰りながら、谷川の水飲み場、みんながよく寝《ね》そべっているクリの木の下、塩おき場にも寄《よ》ってみた。だけど、牛はいない。

月があがった。

放牧地一面、青い水の底のように静まりかえっている。

みや子は、そっととうさんを見た。きゅっと口をむすび、前をにらんだ目の周りが赤い。

(スミコたちなんでもないよね。とうさん)

とうさんの太い腕《うで》をぎゅっとつかんだ。とうさんは、かたい大きな手で、みや子の手を軽くたたいてくれた。


家の前にかあさんが立っていた。

「どうでした?」

「山ん中までさがしたけど、いない」

「どこへ行っちゃったんでしょう」

「ともかく飯《めし》だ。高橋《たかはし》さんに電話通じたか」

「ええ、すぐ来てくれますって」

とうさんは、ご飯に味噌汁《みそしる》をかけて、ざっざっざっと二はいかっこんだ。

「みや子もおあがり」

かあさんが玉子焼きを出してくれたが、なんにも食べたくない。いつもは、みや子の分まで手を出す浩太《こうた》も、上目づかいにとうさんを見ては、玉子焼きをつっついている。

「牛がいなくなったって」

エンジンの音が家の前で止まり、猟銃《りょうじゅう》を肩《かた》にかけた高橋さんが、飛びこんできた。

「はあ、夕方んなっても、一頭も帰ってこんのです」

「ほら、ついこないだ、西んちのばっちゃまがきのことりに行って、熊《くま》にやられたでしょう。わたし、もしものことがあったらと…」

「いやあ、こっちゃあ、二十頭もおるんじゃ。まさかなあ…」

「いやねえ、スミコの子が、今日か明日かってもんだから、万一のことがあるとねえ」

「んだな。スミコはりこうだけ、まんず熊にやられるちゅこたあねえけどなっす。生まれての子がおるとなっ。危険《きけん》だなっす」

みや子は、今朝《けさ》、大きな腹《はら》でゆっくりゆっくり歩いていったスミコを思い出した。あのスミコが――。体がふるえてきた。

「まんず、谷塚《たにづか》さん、も一度行ごう。これさ、持ってぎだし」

猟銃に手をかけておじさんがいった。

「すみません、やっかいなことになると、いつも、手、貸《か》してもらって」

「おだげえさまだあよ。んじゃ」

とうさんとおじさんは、外へ出ていった。

「わたしも行く」

「だめだ。待ってなさい」

追いかけたみや子にびしっというと、エンジンを吹《ふ》かせてとうさんは行ってしまった。

みや子は、車の音が遠ざかっていくのをじっと聞いていた。風がさわいでいる。

家に入ると、かあさんがひとり、ストーブの前の丸太のイスにすわっていた。

みや子もそのとなりにそっとすわった。

「ああ、とうさんが十三年もかけて、やっとここまで築《きず》きあげたのに……」

かあさんがぽつんといった。かあさんの目がストーブのほのおにきらりと光った。両のこぶしでひざをドンドンたたいた。ズボンをぎゅっとにぎりしめた。バンソウコウだらけのざらざらな手。みや子はその手をしっかりとにぎった。二人は、そのままだまって、ストーブの火を見つめていた。

パチ　パチッ　ゴーッ　ゴーッ

ストーブのもえる音だけがする。

ポトン　コロン　コロン、カサ　カサッ、ポト　ポットン。

また、風が強くなったのか、ひっきりなしにトタン屋根に木の実やかれ葉が降《ふ》ってくる。

「かあさんねえ、鍬《くわ》の持ち方も草の刈り方もなんにも知らなかった。ただ一度ここへ来て、一ぺんでここが大好きになっちゃって、とうさんのところへ来たの。でもね、来てみて、電気もない、水道もない、まわりにだあれも知った人のいない生活がどんなに大変か、すぐ分かった。何度も東京に逃《に》げ帰《かえ》ろうと、みや子をおんぶして駅まで行った。だけど、やっぱりかあさんはここが好き。とうさんとみや子たちと牛たちといっしょにいるのが好き。かあさんも、とうとうここの人になっちゃった」

農協の集まりなどでとうさんのいない晩《ばん》、かあさんは、よくこんなことを話してくれたっけ。

とうさんとおじさんが帰ってきた。

「んだば、あず夜《よ》ざあげだら、もちっと人手さふやすて、山さ、さがすてみまっしょ。尾根《おね》さごえて向ごう側行ったかもすれんしなっす」

「ええ」

「ま、今夜のうちさ、岩上村《いわかみ》の農協さ、連絡《れんらく》入れときまっす。心配ねえと思うだが」

「よろしくお願いします」

おじさんは、エンジンの音を残して下《くだ》っていった。

とうさんは、ストーブのそばにどしんと腰《こし》をおろした。水をなみなみとついだコップをかあさんがそっと渡《わた》した。

とうさんは、それを一気に飲みほした。口のはたから水のしずくが流れおちた。

「おれ、もう一度行ってくる。懐中電灯《かいちゅうでんとう》の電池、かえてくれ」

「ひとりで？」

「ああ」

「大丈夫《だいじょうぶ》？　わたしも行きましょうか」

「いや、いい。きっとさがしてくる」

腰に山刀をさし、懐中電灯を持って、とうさんは外に出た。

「とうさん‼」

みや子は、とうさんのあとを追って外へかけ出した。

「心配するな。みや子。スミコがかわいい子牛を産んでいるかもしれないぞ」

振《ふ》り返《かえ》ってみや子の頭をぐりんぐりんぐりんしたとうさんの目は、笑っていなかった。

「もう一枚《まい》、ジャンパー、着てって」

かあさんがジャンパーをだいて走ってきた。

ジャンパーを着たとうさんは、バタンとドアを閉《し》めた。エンジンの音が山を登っていく。

その音が聞こえなくなるまで、みや子はかあさんに肩《かた》をだかれて、外に立ちつくしていた。

「『今年は、子牛が二頭売れる。肉牛だって一頭いる。これでやっと人並《ひとな》みの暮《く》らしができる』って、とうさんとっても喜んでいたのよ」

ストーブの前にくずれるようにすわったかあさんは、そういって目をつむった。胸《むね》のところに両手を組み合わせ、

「スミコ、フジ、みんな帰ってきておくれ」

と、何度もつぶやいている。みや子は、かあさんの横にぴったりとくっついてすわった。

かあさんの体が小きざみにふるえている。

ザザー
ポットン　ポト　ポト　ポト　ポットン

コトコトッ　コットン　トン
カサッ　カサ　カサ　カサッ
びくっ、みや子の体がふるえた。

（スミコが、やぶかげで、ひとりで子を産んだ。その血のにおいを熊《くま》がかぎつけて――）

「どうしたの、みや子」

かあさんが肩をだいて顔をのぞきこんだ。

「かあさん、スミコ、強いよね」

「ええ、フジやキタもいるし、ちっちゃいけど、シラネやキヌコも、りこうな子だし」

かあさんも、わたしと同じこと考えてたんだと思った。風がまたさわいでいる。

「みや子、あした学校だからもうおやすみ」

時計を見ると、もう十一時をまわっていた。

「ううん、平気。とうさん帰るまで待ってる」

「とうさんがスミコたち連れてきたら、起こしてあげるから、ね」

「うん、でも、もう少し。ね、かあさん」

かあさんがみや子の肩を力いっぱいだきよせた。みや子は、じっと目をつむってだかれていた。

エンジンの音が聞こえてきた。みや子は外へ飛び出した。かあさんも飛び出した

「まだ帰ってないな」

牛小舎《うしごや》の方を見ながらとうさんがいった。

「うん」

「いないんですね」

車から降《お》りてとうさんの顔は、ほこりにまみれ、目だけがぎらぎらしている。

「水、一ぱいくれ。もう一度、行ってくる。まさかと思うけど、北の林から向こうの尾根《おね》すじに迷《まよ》いこんだのかもしれん」

みや子は、とうさんがとっても年とってしまったように見えた。目のまわりが黒ずんで目はまっ赤だ。ズボンやジャンパーにはかれ草や草の実がいっぱいつき、ひざから下はどろだらけだ。ストーブの前にすわったとうさんに、かあさんがコップを手渡《てわた》した。

その時。

みや子は、何かを聞いた。

耳をすませたみや子の耳に、風の中にかすかに聞こえる鈴《すず》の音《おと》。

「とうさん、鈴、聞こえる‼」

「何、鈴っ」
「えっ、鈴っ」
三人は外へ走り出た。放牧地の方を向いて、じっと耳をすませた。
「帰ってきた、帰ってきたぞう‼」
とうさんは叫《さけ》んだ。そして走り出した。手を高くあげて、「帰ってきた」「帰ってきた」と、
叫びながら走るとうさんのあとを、かあさんもみや子も、むちゅうで追った。
ガラン、ガラン
ジャラン、ジャラン
カラン、コロン
たしかに近づいてくる鈴の音《ね》。
ガラン、シャラン、カラン、シャラン、ジャラン、コロン
放牧地の青い光の中を、牛たちがひとかたまりになってやってくる。
「フォーイ、フォーイ」
放牧地の柵《さく》を開けるのももどかしげに、両手を大きく振《ふ》りながらかけおりていくとうさん。
みや子もころがるように走った。
「モォーオ、モォーオー」

スミコを先頭に、フジもトネも、キタも、キヌコも、みんな月の光に照らされて、ゆっくり歩いてくる。

そして、あっ。

スミコの横にぴったりくっついて、ちっちゃな子牛が――。

とうさんが、スミコの首にとびついた。

「モオオオオーオ」

スミコは頭を高くあげて、あまえた声で鳴いた。

「そうか、よしよし。スミコ、子が生まれたのか。よくやった」

「モーオオー」

フジが鳴く。

「フジ、わかった。わかった。スミコをみんなで待っていたんだな」

とうさんはフジの首をピタピタたたいた。

みや子は、子牛の首をそっとだいた。

「ウンモー」

子牛はぴょんとはねて、スミコにすりよった。

スミコそっくりに、額《ひたい》から鼻先まで白い太い線が通り、ピンクの鼻面《はなづら》がかわいい。長く反《そ》

り返《かえ》ったまつ毛の中のまっ黒な瞳《ひとみ》で、じっとみや子を見つめている。

「モーオー」「モオオオーン」

ジャラン　カラン　シャラン　カラン　コロン　ジャラン
牛の声と鈴《すず》の音《ね》が静まりかえった山のどこまでもひびいていく。

「きっと、夕方になって、スミコのお産がはじまって、スミコは群《む》れからはなれたのね。そして、お前が生まれるまで、みんな待っていたのね」

かあさんが、すべすべした子牛の背《せ》をなぜながら目頭をおさえた。

「ウモーウー」

子牛がかわいい声で鳴いた。

みや子は腹《はら》の底から、熱い大きなかたまりがぐうっとつき上げてきた。とうさんのほほに涙《なみだ》のすじが、月の光に銀色に光っている。

「モーオ、モオーオー」

「そうか、そうか。乳房張《ちちは》ってるのか。よし、よし、今、たっぷりしぼってやるぞ」

とうさんは、搾乳着《さくにゅうぎ》に着替《きが》えに走っていった。牛たちは、スミコの後を追って牛小舎《うしごや》に入っていく。子牛も、しっかりした足どりで歩いていく。

みや子は、子牛をだきとめた。子牛は、

「ウモウー」

と、心細げに鳴いた。その額《ひたい》に顔をつけた。

「お前は、こっち。今、かあさんのおっぱいしぼって、いっぱい飲ませるからね」

あまい子牛のにおいが鼻をくすぐった。

見上げると、月は、もうま上にきている。明るい月の光に、子牛のまだらもようがくっきりとうかびだしている。

(この子、『ツキコ』って名前にしてもらおう。こんなにお月様のきれいな晩《ばん》に生まれたんだもの)

みや子は、子牛をもう一度だきしめた。

子牛がまた、

「ウモオー」

と、鳴いた。

かあさんの家出

県のバレーボールの試合《しあい》があと一週間後にせまった。放課後の練習も一段と熱が入る。今年こそ、『出ると負け』という不名誉《ふめいよ》をなくそうと、先生はもちろん、みんな真剣《しんけん》だ。

練習は一応《いちおう》五時までときまっているが、どうしても長びいてしまう。

「それっ、もう一度。しっかりとれっ。だめだっ。そんなへっぴり腰《ごし》でなく、体でいけっ。そうだっ、その調子」

先生の声がとぶ。

「だめっ、そんな上げ方じゃ、スパイクできないよっ。どこへ上げたらいいか考えてっ」

キャプテンのえみがどなる。

「サーブ、あと十本ずつ」

そんなことで、どうしても練習は長びく。

気がつくと、もう外はまっ暗だ。へとへとに疲《つか》れた体をふるいたたせて落ち葉の散りはじめた山道をかけのぼる。どんなに急いでも、ここ二週間ほど、家に着くのが六時半をすぎてしまう。うっかりするともう乳《ちち》しぼりが終わって、牛を放牧場へ追っていった後になることもある。おそく帰ってからのみや子の役目の牛小舎掃除《うしごやそうじ》はきつい。

牛小舎はいつも清潔《せいけつ》にしておかなければならないととうさんは厳《きび》しくいう。清潔でないと牛が病気にかかったり、乳にバイキンが入ったりするからだ。

牛小舎は、ちょうどつないだ牛の尻《しり》の下が、深さ五十センチ位の溝《みぞ》になっている。そこへ牛は糞《ふん》や尿《にょう》をする。その糞をスコップですくって、一輪車でサイロの先の堆肥場《たいひば》まで運ぶ。どうしても往復《おうふく》五回はかかる。その後、溝の中に水を流してデッキブラシで洗《あら》う。ゴシ、ゴシ、ゴシッ、力を入れてこすっては水を流す。うっかりしていると糞やよごれた水が顔や体にはねとぶ。けんめいにやっても三十分では終わらない。

「お姉ちゃん、ご飯だよう」

洋平《ようへい》が呼《よ》びにくる。

「ああ、もう少しだからって、かあさんにいって」

「とうさんが早くしろって。みんな待ってるよう。腹《はら》へったよう」

浩太《こうた》がまたふくれっつらで呼びにくる。

「もう少しだっていったじゃない」

みや子もおなかはすいているし、体じゅうが痛《いた》いし、ついつっけんどんにいい返す。

「みや子、まだ?」

今度は、かあさんだ。

「うん、あと、少し」

「じゃあ、かあさんがブラシでこするから、みや子、水、流して」

「うん」

たすかったあ。かあさんは手際《てぎわ》よくブラシをかける。みや子はホースの先をつぶして、勢《いきお》いよく水で汚物《おぶつ》を流していく。たちまち終わった。

「おそくなってごめんなさい」

「さあ、ご飯にしましょ」

かあさんが、みんなにご飯をよそおうとした時、

「ちょっと、待て」

とうさんが厳《きび》しい声をかけた。

みや子は、はっとした。

「みや子、バレーボールはじめる時、どんな約束したかいってみろ」

みや子は上目づかいにとうさんの顔を見た。とうさんは、口をへの字に曲げて、みや子をじっとにらみつけていた。

「ええと、バレーボールやらせてくれるなら何でもやるって」

「そうだ。それで何をやれっていわれた」

「牛小舎《うしごや》の掃除《そうじ》」

「覚えているんだな」

「はい」

「みや子、ここんとこ、牛小舎掃除、とうさんがいうように、ちゃんとやってるか」

ちくん、胸《むね》の中にささるものがあったけれど、みや子はとうさんを見つめていった。

「毎日、ちゃんとやってるよ」

「たしかにやってる。だけど、本気にやってないな」

「やってるもん」

「ちがう。早く終わらすことだけ考えてる。今日だってかあさんに手伝ってもらった」

「だって、かあさんが……」

「人のせいにするなっ。ここのところ、みや子は堆肥《たいひ》のつみ方もいい加減《かげん》だ。ブラシもちゃんとすみずみまでかけてない、そうだろ」

「ちゃんと、やってるもん」

胸がちくんとするが負けずにいい返した。

「かあたん、おなかすいたよう」

純平《じゅんぺい》がぐずりだした。

「とうさん、もう時間もおそいからご飯にしましょ。みや子も試合《しあい》が近くて、練習も大変なんだから」

「お前がそうして子どもたち、あまやかすから、みや子だっていつまでもしっかりしないんだ。みや子はバレーやれば大変なこと分かっていたはずだ。バレーだけ熱入れて家の仕事いい加減《かげん》にすることは許《ゆる》さん」

とうさんの声はだんだん大きくなってきた。

「とうさん、試合まであと一週間ですよ。試合が終わったら、みや子もまた家の仕事に精出《せい》せますよ。それまで、みや子の分はみんなで……」

「そんなこと、許さん」

純平が、わあっと、泣き出した。

「純平、泣かなくていいのよ。とうさん、みや子だって、毎日の練習と家の仕事でくたくたなんです。もう少し、みや子のこと考えてやってください」

かあさんが、みや子をかばっていった。

「お前だって、今、腹《はら》に子がある大事な体だ。何から何まで自分で引き受けて、もしものことがあったらどうするんだ」

「わたしなら大丈夫《だいじょうぶ》です。それよりみや子を」

「無責任《むせきにん》なこというな。みや子だって、自分の仕事にもっと責任持とうという気がなけりゃ、ろくな人間になれないぞ」

「そんなひどいことを。みや子は、しっかりした子です」

みや子は、このごろ、たしかに少し手抜《てぬ》きをしていると思う。だけど、とうさんにこんなにおこられるほどいい加減なことはしていない。

「とうさん、わたし、試合に勝ちたいんだよ」

「それと牛の世話とは別だ。かあさんにあまえてかあさんをあてにしているんだ」

「いいえ、あまやかしてなんかいません。みや子だって一所懸命《いっしょけんめい》やっています。よその子に比《くら》べたら小さい時から本当によくやってくれてると思いませんか。このところだけ少し大目に見てやりましょうよ」

「よそとうちはちがう。それがお前にもみや子にも分からないのか」

みや子は、自分のことで、とうさんとかあさんがいい合っているのがつらかった。つうと涙《なみだ》が流れてきた。かあさんが、とがった空気をはらいのけるようにみんなを見まわして、

「ごめんね。おなかすいたでしょ。さあ、ご飯にしましょうね。みや子ご飯よそって」

と、いった。

いやな気分の夕飯だった。とうさんはお酒をがぶっと飲んでいる。浩太《こうた》と洋平《ようへい》も、いつものおしゃべりもせず、時どきちらっととうさんの顔をうかがって食べている。

みや子は何も食べたくなかった。


食後にみや子たちはすぐ二階に上がった。もう十時をすぎている。ご飯中いねむりをしていた純平《じゅんぺい》はさっそくごろり。浩太と洋平もすぐ寝《ね》てしまった。

だけど、みや子は寝つかれなかった。

とうさんは、「うちとよそはちがう」と、いってたけど、何がどうちがうのだろう。「牛は何より大事だ」「牛のおかげでみんなが生活していける」と、いうとうさんのいうことは分かる。でも、健《けん》ちゃの家も、ともちゃの家も、うちと同じ牛を飼《か》い畑をたがやしている。それなのに、ともちゃはバレーを思う存分《ぞんぶん》やってるし、日曜日には宮古《みやこ》の方まで家じゅうで遊びに行くこともあるという。うちなんかそんなこと一度だってない。どうしてだろう。

どこがよそとちがうんだろう。

「うるさいっ。みや子は家の大事な働き手だ。それが今みたいにあてにならないんじゃ、どうしようもないじゃないか」

階下でとうさんがどなっている。みや子はそうっと階段《かいだん》の途中《とちゅう》までおりて下をのぞいた。

かあさんととうさんがストーブのところで向かい合っている。

「でも、みや子だって遊びたいさかりなんです。みんなといっしょに何でもやりたいんです。今、みや子は、バレーをやるのがただ一つの楽しみなんです。わたし、みや子にバレーを思いっきりやらせてやりたいだけです」

「それができるならいい。だが、うちじゃみや子がいなけりゃ仕事がはかどらないんだ。みや子を遊ばせておけないのが分からないいか」

「みや子をかわいそうだと思わないんですか」

かあさんは、涙声《なみだごえ》になっている。

「とにかく、おれはおれのやり方で子どもたちを育てていく。それが納得《なっとく》できないなら、どうとも勝手にしろ」

とうさんは、ビシャンと戸を開けて外へ出ていった。モーターを止めに行ったのだろう。

みや子はそっと寝どこにもどった。

少ししてとうさんが階段を上ってきて、となりの部屋に入っていった。かあさんはまだ上ってこない。どうしたんだろう。

やっとかあさんが上がってきた。いつものとなりの部屋に行かず、洋平とみや子の間に洋平をだくように横になった。みや子はかあさんの背中《せなか》にぴったり顔をつけた。

「みや子、起きてたの」

かあさんは、くるりとみや子の方を向き、肩《かた》の下に手を入れてぎゅっとだきしめた。

「うん、かあさん、ごめんね」

「ううん、みや子が悪いんじゃない。とうさんだって一所懸命《いっしょけんめい》なのよ。分かるでしょ」

「うん」

「とうさんって、強いのよね。でも、かあさんはあんなに強くなれない」

かあさんのほほに涙《なみだ》が流れている。ぴったりほほをくっつけているみや子は、かあさんの涙がしょっぱい。みや子も涙があふれてきた。かあさん、大好き。みや子はかあさんの胸《むね》にぐいぐい顔をおしつけた。

そして、泣きながらいつの間にか眠《ねむ》った。


翌日、みや子が目を覚ました時、とうさんもかあさんも、昨夜《ゆうべ》のことなどすっかり忘《わす》れてしまったようにいつもと同じに働いていた。

この日も、みや子はやっぱりバレーの練習をして走って帰った。

家の前に純平《じゅんぺい》がべそをかいて立っていた。

「ただいま、純平、どうしたの」

「かあたん、いないの」

「えっ、かあさんいないって。どこ行ったの」

「ちらない」

浩太《こうた》と洋平《ようへい》が牛小舎《うしごや》から出てきた。

「かあさん、いないんだって」

「うん」

「いないって、どこへ行ったの」

「分かんない。おれが帰ってきた時、純平ひとりで泣いてたんだもん」

洋平が腹《はら》についた飼料《しりょう》をパンパンたたいた。

「どうしたんだろ。とうさん何かいってた？」

「ううん、何にも」

「牛、追ってくぞう」

とうさんが牛小舎から呼《よ》んでいる。みや子は牛小舎に走っていった。

「とうさん、ただいま。かあさんは？」

「昼すぎから見えないな、下のスーパーへ買い物にでも行ったんじゃないか」

「ひとりで、純平《じゅんぺい》も連れないで?」

「知るか。こんな時間までのんきなやつだ」

とうさんは笑いながら暗くなった放牧場へ浩太《こうた》と洋平《ようへい》といっしょに牛を追っていった。

土間に入った。ストーブの火が消えかかっている。あわてて三、四本まきを入れた。ゴオーッとまきは勢《いきお》いよく燃《も》え上《あ》がった。

時計を見るともう七時すぎ。おかまを開けるとまだお米もといでいない。おかしい。かあさんってこんなことするはずがない。すっと不安になった。お米をといでガスにかけた。

「お姉たあん、はらちゅいたよう」

純平がまとわりついてきた。

「純平、いい子ね。じきご飯だから、はい、これ」

ニボシのかんから一つかみニボシを食卓《しょくたく》の上においてやった。

とうさんたちが帰ってきた。とうさんはどっかりとストーブの前にすわった。

みや子は、洋平を風呂《ふろ》へ行く戸の外へ引っぱっていった。

「洋平、洋平が帰ってきた時、とうさんはどこにいたの」

「下の畑じゃない」

「かあさん、いっしょじゃなかったの」

「うん、とうさん、ひとりで帰ってきたもん」

「純平、なんかいってなかったの」

「なんにも、泣いてばっかりいるんだもん」

きかんぼの洋平の目からぽろりと涙《なみだ》がこぼれた。

べそをかいた浩太もやってきた。

「お姉ちゃん、かあさんどこへ行ったんだろ」

「ひとりで、どっかへ行く?」

「だって、昨夜《ゆうべ》さ、とうさんがおこったからどっかへ行っちゃったのかなあ」

もう浩太はうるうる目をこすっている。

「かあさん、帰ってこないの」

しっかり者の洋平もふるえ声でいう。

かあさんがどこかへ行っちゃった。わたしのためにとうさんとけんかして。みや子は、おなかがきゅっと痛《いた》くなってきた。

「みや子っ、何してんだっ。味噌汁《みそしる》でも作らないかっ。浩太、洋平、まき運んでこいっ」

とうさんのいらいら引きつった声。とうさんさっきまで平気な顔してたけど、心配になってきたんだ。

「はいっ」

三人は目をぬぐってぴくんと立ち上がった。

そうだ。みんなにご飯食べさせなきゃ。味噌汁《みそしる》作って、それから、それから――。

頭の中がぽあんとして何も考えられない。

かあさんなら、何作ってくれるだろう。とうさんに見られないように、横を向いてくしゅんと鼻汁《はな》をすすった。洋平《ようへい》がよってきて、

「おれ、下の道まで見に行ってみようか」

「そうねえ、ひとりで大丈夫《だいじょうぶ》」

「大丈夫だよ」

この小さな洋平がとってもたのもしく思えた。その時、とうさんが一たん外へ出て、すぐ帰ってきて電話器をとりあげた。

「すみません、うちの幸子《さちこ》、行ってませんか」

「…………」

「そうですか。いやあ、昼ごろからどこへ行ったのか、まだ帰って来んのです」

「…………」

「はあ、昨夜ね、ちょっとやり合っちゃって」

「……………」

「はい、すみません。ありがとうございます。何かあったら、また電話させてもらいます」

とうさんは一たんすわったがすぐ立ち上がった。

かあさんの行くえは高橋《たかはし》さんも知らない。（かあさんがわたしたちをおいてどこかへ行ってしまうなんて。かあさんはここの生活がとてもつらくって逃《に》げ出《だ》そうとした時、わたしをおぶって駅へ行ったと、話してくれた。そのかあさんがひとりでどこかへ——）

かあさんに何かがあったのだ。みや子のおなかの中にまっ黒なかたまりがどんどんふくれていった。ひざがかくかくふるえている。

じっとしていると「わあっ」と、声をあげて泣きそうだ。浩太《こうた》も洋平もそばを離《はな》れない。

圧力《あつりょく》がまの重りがチンチン鳴りだした。


「ちょっと、その辺見てくる」

とうさんが外へ出た。みや子たちもその後を追って外へ出た。

その時、牛小舎《うしごや》の方から、てれくさそうに笑いながらかあさんがやってきた。

「かあさんっ」

「かあさんっ」

「かあさん」

みや子はとびついた。浩太《こうた》も洋平《ようへい》も。そしてニボシを食べて食卓《しょくたく》によりかかっていねむりをしていた純平《じゅんぺい》まで、わあっと泣きながら、

「かあたあん」

と、とびついた。

つられて、みんな「わあっ」と泣き出した。

押《お》さえていたものを一気にはきだすように、「かあさん」「かあさん」と、かあさんにしがみついていく。

「どこへ、今ごろまで行ってたんだっ」

とうさんがかみつきそうにどなりつけた。

四人にもみくちゃにされながら、

「ごめんなさい」

と、かあさんが頭をさげた。

「ごめんなさいですむと思うのか。どんなに心配したか、何の連絡《れんらく》もなしで」

「本当にごめんなさい。わたし、干《ほ》し草《くさ》小屋にいたんです」

泣きじゃくっている純平をだき上げていった。

「干し草小屋！」

「ええ、あなたに『勝手にしろ』なんていわれたって、どこへも行くとこないでしょう。それで干し草出しに行ってちょっとすわったら、とても暖《あたた》かくって気持ちよくって、少し横になったら、ぐっすり眠《ねむ》っちゃったんです。ああ、寒いなと目が覚めたら、すっかり暗くなっちゃってて、びっくりしてしまったんです」

「ばかっ、のんきなやつだ。子ども放り出したまんまで」

「心配かけてごめんね。みんな、だけどね、干し草って本当に暖かくって気持ちいいものなのね」

かあさんのほほはピンクにそまり、生き生きと目がかがやいている。

よかった。

かあさんは、純平をだいたまましゃがんで片手《かたて》で浩太と洋平をだきよせた。二人は涙《なみだ》と鼻《は》汁《な》でべしょべしょになった顔をかあさんの胸《むね》にくっつけて、まだしゃくりあげている。

みや子もしっかりかあさんの背中《せなか》に顔をすりよせた。干し草の暖かいにおいがした。

「ああ、みや子、ご飯たいておいてくれたのね。ありがと」

「さあ、飯だ、飯だ」

「かあたん、おなかちゅいたよう」

「はい、はい。今すぐしたくするからね。みや子、ジャガイモ千六本に切ってね。それからとうさん、ストーブでホッケの開き、焼いてくださる」

「おう、よし」

かあさんは、てきぱきとつけ物を出し、ストーブの前にすわってまきをくべた。そのかあさんの髪《かみ》についている干《ほ》し草《くさ》をとうさんはそっとつまんだ。かあさんがくしゅんと鼻汁《はな》をすすりあげた。

土間にご飯のこうばしい香《かお》り、味噌汁《みそしる》の温かなにおい、それにジューと焼けるホッケのおいしそうなにおいがいっぱいになった。

みや子は体じゅうがほかほかと暖《あたた》かくなりおなかの虫が「グウッ」と鳴いた。

とうさんが思い立ったように電話のダイヤルをまわした。

「もしもし、谷塚《たにづか》です。さっきはご心配かけ、申し訳《わけ》ありませんでした」

「……………」

「いやあ、幸子《さちこ》のやつ、のんきに干し草小屋で寝《ね》てたんですわ。ちょっと前、さっぱりした顔して出てきましてね」

「……………」

「はあ、よく分かっています。幸子《さちこ》もこんな山ん中で十年も牛の顔ばっかり見て辛抱《しんぼう》していてくれたんです。よくやってくれてると思っていますよ」

「……………」

「はい、そう伝えます。では」

かあさんは電話しているとうさんの方を見て、ちょっと舌《した》を出し、首をすくめた。

吹雪《ふぶき》の夜

今日は雪が強くなりそうだからと、バレーの練習は三十分ほどで終わった。

雪は昼ごろから降《ふ》り出《だ》した。まだ四時をすぎたばかりなのに、あたりはうすねず色に暮《く》れ、県道をたまに往《ゆ》きかう車のライトもぼんやりとにじんで見える。帰りを急ぐみや子ととも子のまわりも白いカーテンをひいたように、先がかすんで見えない。いつもなら、今日のバレーの練習のことなどしゃべりながら歩くのだけれど、今日は二人ともだまってうつむき、雪風をよけて歩いた。

「さよなら」

「バイバイ」

とも子の家からはひとりだ。

県道から山道に入る。いつもならあと二十分ののぼりだけれど、今日はすべるし、時間がかかりそうだ。すっかり暗くなった。

両側の雑木林《ぞうきばやし》を吹《ふ》きぬけてくる風は雪をまい上げみや子にたたきつける。雪のつもったところだけがかすかに白い。

五時には放牧地から牛を入れ、乳《ちち》しぼりがはじまる。それまでにエンシレージを用意しなくてはならない。顔をまっ赤にして働いている浩太《こうた》と洋平《ようへい》の様子が目にうかんでくる。みや子は、足をふみしめふみしめ雪の中を歩いた。


「ただいまあ」

土間にかけこむと、純平《じゅんぺい》がクルミの殻《から》をわっていた。ストーブに照らされたほほが赤い。

「かあさんは？」

「うちごや」

「そう」

バタバタと雪をはらい落とし、ランドセルをおいてすぐまた外へ出た。白い風がビュウーッと押《お》してくる。

「ああ、おかえり。ひどかったでしょ」

キタの腹《はら》の下からかあさんが顔をのぞかせた。顔がばかに白っぽい。

「とうさんは？」

「農協の寄《よ》り合《あ》い。こんな雪なのに」

「浩太《こうた》、洋平《ようへい》、おそくなってごめん。あと、わたしがやるよ」

「いいよ。お姉ちゃん」

浩太はエンシレージにまぜる飼料《しりょう》を両手のバケツに入れ、いつものくせではにかんだように笑った。洋平も飼料小屋から顔を出した。

牛たちは自分たちの前のエンシレージの山をもっくりもっくり食べている。

（ありがと。来年もうんとがんばって、優勝《ゆうしょう》できるようにするからね）

みや子はスコップで力いっぱい飼料をすくった。

「みや子、それ終わったら味噌汁《みそしる》のダイコン切っといてね」

「はい、分かった」

みや子はかあさんより一足先に家にもどった。家の前はもう長ぐつがもぐるくらい雪がつもっていた。

ガタガタッ。表戸が開いた。ひきつった浩太の肩《かた》につかまって、よろよろっとかあさんが入ってきた。

「かあさん、どうしたの‼」

包丁を投げ出して、みや子は走りよった。

「かあさん、おなか痛《いた》いんだって」

二人に支《ささ》えられてストーブのそばの長いすにくずれるようにすわったかあさんの顔は、土気色をしていた。

「かあさん、大丈夫《だいじょうぶ》？」

「うん、大丈夫よ。ちょっとおなかが……」

そういいながら、両手でおなかをおさえて体をよじっている。

「うんと痛い？」

「ううん」

笑いかけたかあさんの顔は、またゆがんだ。

「顔色とても悪いよ。少しやすんだら」

「うん、でも、あとスミコとフジだけだから」

肩で呼吸《いき》しているかあさんの額《ひたい》に脂汗《あぶらあせ》がにじんでいる。

「ああ、ちょっと暖《あたた》まったらだいぶ楽になったわ。さあ、あとひとがんばり」

「どっこいしょ」と、立ち上がったかあさんは、おなかをかかえてまたうずくまった。

「かあたん、ぽんぽ、痛いの？」

純平《じゅんぺい》が、かあさんの顔をのぞきこんだ。

「ありがと、純平《じゅんぺい》。すぐ治るからね」

純平のほっぺたをちょっとつついて、両手をイスで支《ささ》えてやっと立ち上がった。

牛小舎《うしごや》から乳房《ちち》の張《は》っているスミコとフジの催促《さいそく》する声がやかましい。

「はい、はい。今、行くから」

ストーブの上の大なべから湯をバケツにくみとっているかあさんの呼吸《いき》が荒《あら》い。

「かあさん、わたしやるよ」

「大丈夫《だいじょうぶ》、大丈夫。熱いからやけどしたらたいへん」

目だけ笑ってかあさんは、「よいしょ」とバケツをさげて出ていった。

外からばあっと雪風が吹《ふ》きこんできた。


一歩一歩息をはずませていたかあさんが心配でならなかった。

「お姉ちゃん、ちょっとかあさん見てくるね」

「おれもいちゅう」

純平がからまりついてきた。

その時、ドタッと外壁《がいへき》に何か倒《たお》れる音がした。

「みや子、みや子」

と、風にかきけされそうなかあさんの声。

「かあさんっ」

あわてて戸を開けたみや子の目にまっ赤な血のかたまりがとびこんできた。その中にかあさんが倒れていた。

「かあさんっ」

みや子はとびついた。

「み、や、こ」

かあさんは両手を雪の中につき、起き上がろうともがいている。雪はたちまちそれをおおう。

「かあさん、しっかりしてっ」

かあさんの腕《うで》の下に肩《かた》を入れて起こそうとした。体がぶるぶるふるえている。

「家に入ろうね。浩太《こうた》、浩太。ちょっと来て」

浩太がとび出してきた。でもかあさんを見たとたん、細い目がつり上がり、立ちすくんでいる。

「浩太、何してんの。そっちがわしっかり持ちなさい」

浩太より先に洋平《ようへい》がかけよってかあさんの下に肩を入れた。

「みや子、だ　い　じょ　う　ぶ　よ」

二人の肩《かた》をはずしたかあさんは、いざりながら土間に入った。その後に血のすじが雪の中にあざやかについた。

長いすにやっとはい上がったかあさんは全身ぐっしょりぬれ、なまぐさい血のにおいが土間に広がった。

みや子はぬれた着物を早く着替《きが》えさせなければと思った。けれど、かあさんはエビのように体を曲げ、おなかをかかえてかたく目をつむっている。髪《かみ》の毛《け》についた雪がとけて、ぽとぽと流れおちてくる。タオルでそっと頭や顔をふいてやった。かあさんはうすく目を開けて何かいおうとしたが、また「ううっ」と、うめき声をあげて体をよじった。浩太《こうた》たちは手をにぎり合って、そんなかあさんをおびえた目で見ている。みや子だってどうしたらいいか分からない。ひざががくがくしてきた。

「み、や、子」

かあさんがしぼり出すような声でいった。

「何?　かあさん」

「一一九番、して。すぐ、来てくださいって」

「……………」

「おなかの、赤ちゃんが……」

「赤ちゃんが、どうしたの」

「流産しちゃったみたい」

「りゅうざん？」

「そう、赤ちゃん、死んじゃったみたい。だからー」

「えっ！　死んじゃった‼」

「それから、とうさん、高橋《たかはし》さんにいってるから、すぐ、帰ってきてって」

あえぎあえぎいった。

みや子は受話器をつかんだ。指が細《こま》かくふるえている。ダイヤルが押《お》せない。落ち着かなくちゃ。はじめからやりなおし。たった三回おすだけなのに。大きく深呼吸《しんこきゅう》した。

一・一・九。ジッ・ジッ・ジー
リリリ、リリリリ。

「はい、こちら田野畑村消防署田代分遣所《たのはたむらしょうぼうしょたしろぶんけんしょ》」

「あの、すぐ来てください」

「はい、もしもし。どうしたの。落ち着いて話してごらん」

「かあさんが、かあさんが……。いっぱい血出して……」

消防《しょうぼう》のおじさんの声を聞いたとたん、ぐぐっと声がつまった。

「おじさん、すぐ、来てっ」

「よし、分かった。それでおうちはどこ？」

おじさんの声はゆっくりと、やさしい。

「田野畑村山地《たのはたむらやまち》」

「それで、おとうさんは？」

「今、出かけているの」

「うん、名前は？」

「たにづか　よしお」

「ああ。谷塚《たにづか》さんね。すぐ行くから、おかあさんよく見ててあげてね」

ガチャン。電話は切れた。

へたへたとすわりこみそうになった。だめっ、しゃんとしなくちゃ。

「かあさん、すぐ来るって」

「あ、り、が、と」

目をつむったままかすかにうなずいた。痛《いた》みはますます強くなるらしく、「ううっ、ううっ」と、痛みをこらえるかあさんの額《ひたい》に脂汗《あぶらあせ》がたらたらと流れている。

（そうだっ、とうさん、早く呼《よ》ばなきゃ）

また、電話器をつかんだ。

「もしもし、とうさんにすぐ帰ってきてって」

「ああ、みやちゃ。とうさん、十分ぐらい前に出たけど、どうかした？」

おばさんの声を聞いたみや子は、わっと泣き出した。胸《むね》の中におさえつけていたものがどっと音を立ててつき上げてきた。

「みやちゃ、何があったの。泣いてたって分からないよ。ゆっくり話しなさいね」

「おばちゃ、かあさんが……」

「うん、かあさんがどうしたの」

みや子はしゃくりあげた。

「流産しちゃった」

「流産!!　それでどうなの」

「倒《たお》れちゃって、ぶるぶるふるえてるの」

また、涙《なみだ》があふれてくる。

「分かった。みやちゃ、これからおばちゃのいうこと、しっかり聞いてね」

「うん」

「ストーブにまきをどんどんくべて、家の中暖《あたた》めるの。それから毛布二枚《まい》でも三枚でもかけて暖かくしてあげて。あ、それと、ストーブの上のなべにお湯いっぱいわかしといて。とうさん、あと二十分もしたら着くと思うから、それまでかあさんたのむわよ。おばちゃもすぐ行くからね。みやちゃ、しっかりして」

「はい」

体の中を熱いものが通りぬけ、背中《せなか》からお尻《しり》の辺がきゅっきゅっと大きくふるえた。

浩太《こうた》と洋平《ようへい》をせかせて二階にかけ上がった。

「これ、かあさんにしっかりかけてあげて」

毛布《もうふ》を引っぱり出して二人に一枚ずつ持たせ、自分は二枚かかえてさぐり足でおりた。

階段《かいだん》の下に純平《じゅんぺい》がべそをかいている。

毛布で体を巻《ま》き、その上からも毛布をかけた。

「かあさん、とうさんもうじき帰ってくるよ。高橋《たかはし》さんのおばちゃも来てくれるって」

かあさんは、こくりとうなずいた。目尻からつうと涙《なみだ》が流れてる。

みや子はかあさんのわきにしゃがみ、両手でその手をはさんだ。ひやっとするほど冷たい手、ふるえがみや子の体にも伝わってくる。

「ううっ」

突然《とつぜん》、かあさんは大きなうなり声をあげた。

毛布をはねのけ、よろっと立ち上がった。

「かあさんっ、どうしたのっ」

いい終わらないうちに、よろよろとかあさんは便所へよろけこんだ。みや子はあわてて後を追った。浩太も洋平も追ってきた。

「ううっ、ううー」

苦しそうなうめき声が外まで聞こえてくる。

「かあさん、かあさん」

みや子は便所の戸をどんどんたたいた。

リリーン。びくん、電話だ。

「谷塚《たにづか》さんの家だね。さっき電話くれた子？」

「はい」

「消防署《しょうぼうしょ》だけどね。おとうさん帰った？」

「まだ」

「おかあさんはどう？」

「今、便所に入ってる。すごく苦しそう」

「まずいなあ。あのね、途中《とちゅう》まで来たんだけど、雪の深いところがあって、救急車のぼれないんだよ」

「えっ！　そんなっ。来てっ、すぐ来てっ」

「分かった。今、何とかして行くから、もう少し待っててってかあさんにいって」

どうしよう。

体じゅうがさあっと冷たくなった。目の前がまっ白になった。


赤ちゃんは七月に生まれてくるはずだった。

それなのに――。

便所の中はいつの間にかしーんとしている。

外を吹《ふ》きまくる地ふぶきのうなりだけがいやに大きい。みや子は、かあさんがどうかしたのではと、大声で呼《よ》んだ。

「かあさん、大丈夫《だいじょうぶ》？」

浩太《こうた》が両手でドンドン戸をたたいた。洋平《ようへい》がわあっと泣き出した。つられて純平《じゅんぺい》も。

「だ　い　じょ　う　ぶよ」

やっと小さな声がかえってきた。

「かあさん、出てきてっ」

かあさんがどこか遠くへ行ってしまいそうな気がしてこわい。

「今、出るから、ね」

戸が開いた。

「かあさん」

かけよったみや子にかあさんはぐらっと倒《たお》れかかった。いっしょによろけかかったみや子は足をぐんとふんばって支《ささ》えた。洋平と純平がとびついた。かあさんはまたぐらっとした。みや子は、やっと支えた。

「だめっ、あっちへ行ってなさいっ」

しかりつけられて三人はべそをかき、ストーブの向こうにかたまってじっと見つめている。かあさんはみや子の肩《かた》にすがって、そろりそろりとストーブのそばまで来、ぐったりと横になった。

かあさんの顔はすっかりかわってしまった。目のまわりがはれあがり、血の気《け》のなくなった青白い膚《はだ》は、みょうにてらてらしている。髪《かみ》の毛《け》は水を浴びたようにべっとりと額《ひたい》にへばりつき、とじたまぶたが時どきぴくぴくっとふるえる。

ゴーッ、ゴーッ。

風がまたはげしくなったのか、家がミシ、ミシッとゆれる。

みや子はストーブにまきをどっさり入れた。パチパチッとまきのはぜる音がして、ゴオーッとストーブが勢《いきお》いよく燃《も》え出《だ》した。

（とうさん、早く帰ってきて）

そうなんだ。かあさんはとても疲《つか》れていたんだ。無理してたんだ。あのかあさんの家出さわぎの後、心配させられた腹《はら》いせに、「かあさんってねぼ助だな」とか、「かあさん、おれたちのこと忘《わす》れちゃったんだろ」とか、「案外神経《しんけい》太いよね」なんて、みんなであくたれついたけど、かあさんくたくただったんだ。だから赤ちゃんもだめになったんだ。

うすく目を閉《と》じて、口を少し開け、荒《あら》い呼吸《こきゅう》をしているかあさんの顔をじっと見つめて、ぐぐぐぐっと胸《むね》の奥《おく》からこみ上げてくるものを、みや子はぐっとこらえていた。

ダッダッダッダッ。

風の中にかすかに車の音が聞こえた。

「とうさんだっ」

はじかれたようにみや子は外へ出た。たちまち吹《ふ》き上《あ》げてくる風に飛ばされそうになった。

浩太《こうた》も洋平《ようへい》もとび出した。

「浩太、戸、しっかり閉《し》めてかあさん見てて。洋平、純平《じゅんぺい》たのんだわよ。すぐ帰るから」

みや子は走った。風に向かって走った。目にも鼻にも雪がとびこんでくる。呼吸《いき》ができない。ほほが痛《いた》い。雪に足をとられてすべる。深みにはまってころぶ。でも走った。ころびながら走った。

「とうさあん、とうさあん」

雪風に飛ばされて声にならない。何も見えない。苦しい。だけど、手さぐりで走った。

やっと車のライトが白い壁《かべ》の向こうにぼうっと見えてきた。

「とうさん、とうさあん」

光の中に雪がうずをまいておどっている。

車が止まった。

「みや子、どうした」

ドアを開けてとうさんがどなった。

「かあさんが、かあさんが……」

「かあさんが？　とにかく乗れ」

みや子は助手席に引っぱりあげられた。

「かあさんがどうした？」

「流産しちゃった。血いっぱい出して、ふるえてる」

「なに、流産!!　救急車呼《よ》ばなかったのか」

「ううん、呼んだけど、雪が深くて来られないって」

「ちっ、役立たずが」

家の前に浩太《こうた》と洋平《ようへい》が純平《じゅんぺい》をまん中にして吹《ふ》きとばされそうに立っていた。

車からとびおりたとうさんは、家の中へかけこんだ。

「幸子《さちこ》、大丈夫《だいじょうぶ》か」

かすかにかあさんがうなずいた。

「みや子、二階からタオル五、六本とかあさんの着替《きが》え持ってこい。なんでもいい。浩太、もっとまき、ストーブにどんどんくべろ」

とうさんは下の部屋にふとんを敷《し》き、かあさんをそっとだきあげて寝《ね》かせた。かあさんはぎゅっと目をつむり歯をくいしばっている。

とうさんは、タオルを熱いお湯でぎゅっとしぼり、かあさんの額《ひたい》にへばりついている髪《かみ》をかきあげ、ていねいに顔をふいた。首も手もふいた。何度も、何度もすすぎなおして、そっと、そうっと、

「幸子、心配するな。すぐ病院に連れていくからな」

「ごめんなさい。わたしがいけなかったの」

かあさんは、小さくいった。

「いい、いい。何もいうな」

とうさんの目のまわりは赤く、ほほがひくひくしている。


車のとまる音がして、高橋《たかはし》さんのおばさんが雪をはらいながら走りこんできた。

「幸子さん、大変だったわね。具合《ぐあい》はどう？」

「すみません。こんな時間に心配かけて。今、やっと少し落ち着いたみたいだけど」

とうさんは赤いまぶたをしばたたいた。

「そう、よかった。みやちゃからの電話でびっくりしちゃって。とにかく早く病院に連れてったほうがいいわ。出血、ひどいらしいし」

「ええ、そうします。救急車がこんな時、役に立たないんだから」

「この雪じゃこの山道は普通の車じゃ無理よ。子どもたちはわたしが見てるから」

おばさんは、ひとかたまりになっているみや子たちに、

「みやちゃ、えらかったね。みんなでよくかあさん見ててあげたね。もう心配ないよ」

そういうとジャンパーをぬぎ、セーターの袖《そで》をまくりあげた。それからタオルを何枚《なんまい》もとりかえ、熱いお湯でかあさんの体をすつかりきれいにし、着替《きが》えも手早くすませてくれた。みや子は、おばさんのてきぱき働く様子をぼんやり見ていた。体じゅうの力がすうっとどこかへ吸《す》いとられてしまったようだった。


きれいになったかあさんを毛布《もうふ》ですっぽりくるみ、とうさんはそっとだきあげた。かあさんの頭ががくんと後ろに倒《たお》れた。おばさんが毛布を引っぱりあげて、頭をもう一度包みなおしながら、

「谷塚《たにづか》さん、雪が深いから気をつけてね。幸子《さちこ》さん、何も心配しないで、ゆっくり養生《ようじょう》していらっしゃい」

かあさんの顔をのぞきこんでいった。

「ありがとうございます」

かすれた声だった。とうさんはかあさんを一度ゆすり上げて、

「では、よろしくお願いします」

と、戸口の方へ歩き出した。

「かあたあん」

純平《じゅんぺい》がかあさんにしがみついた。

「純ちゃ、かあさんすぐ帰ってくるから」

おばさんが純平を後ろからだきあげた。

「みや子、戸、開けてくれ」

戸を開けると、どうっと雪が吹《ふ》きこんできた。

車に乗る時、かあさんは、頭をあげてみや子たちを見つめた。

「純平、いい子にしてね。みや子、みんなのことたのむわね」

かあさんを包んだ毛布《もうふ》がたちまち白くなった。みや子はかけよってそっとはらった。

車はすぐ見えなくなった。


かあさんの入院はちょうどひと月かかった。

かあさんが退院《たいいん》してくる日、気の早いフキノトウが日当たりのいいがけっぷちに顔を出していた。みや子は学校の帰り、それをつんでハンカチにつつんで帰った。

「おかえり、かあさん。はい、おみやげ」

「ただいま。かあさんすっかり元気になったわよ。ああ、いい香《かお》り。もうすぐ春ねえ」

フキノトウを持ったかあさんの手はしっとりとして、ピンクの口紅が若々《わかわか》しい。

かあさんは次の日からもう牛の世話をはじめた。とうさん、かあさんのいそがしい春は、もうすぐそこまで来ている。

春が来る

みや子の家は、みや子が四つの時までランプをつかっていた。それも階下《した》の土間の部屋だけ。便所も二階の寝室《しんしつ》もまっ暗だ。夜、便所に行くのがみや子は大きらいだった。板をわたしてあるだけの便所は、下から何か出てきそうでこわい。寝間《ねま》でも夜中に目を覚ますと、かあさんがどこにいるか、分からない。

とうさんのいびきの方へはっていこうとして、浩太《こうた》にのっかったこともよくあった。

それが、五年前に自家発電機をつけた。あの日のうれしさは今も忘《わす》れない。ランプの赤い光は部屋のすみずみまで届《とど》かない。

それが明るい蛍光灯《けいこうとう》が二本もついたのだ。

動くたびに大きな影《かげ》ぼうしがゆらゆらとついて歩くこともなくなった。夕飯も明るい光の下で食べるとひと味ちがう。便所にもピンポン玉くらいの電球が光っている。寝間にも黄色い小さな電球がついた。夜中に目を覚ましても、もうこわくない。

夕飯がすむと、土間の食卓《しょくたく》でみや子と浩太は宿題、洋平《ようへい》と純平《じゅんぺい》はお絵描《えか》き、かあさんはつくろいもの、とうさんは新聞をたんねんに読んでいる。ストーブのまきのはぜる音だけが聞こえる。みや子のいちばん好きな時間だ。

とうさんは、この山奥《やまおく》の村にやってきた十三年前から、電気、水道、電話をひいてくれるよう役場にたのんでいた。電話だけは五年目にひけた。みや子が、

「なんでうちだけ電気ないの」

ときいた時、とうさんは困《こま》ったように笑っていった。

「県道から二十分も入る一軒家《いっけんや》だけのために、それもこんな急坂に電柱立てるなんて、営業所《えいぎょうしょ》もわりあわんもんな」

「そりゃあそうよ。でも、自家発電で大助かりよ。前は、朝晩《あさばん》下の川まで水くみに行かなきゃならなかった。洗濯《せんたく》だって川で洗《あら》うんだし、お風呂《ふろ》だって週一回がやっと。これからはモーターのおかげで川の水くみ上げられるし、夜は明るいし、今までのこと考えたら天国みたい」

「そうだなあ、第一、牛乳《ちち》しぼりに搾乳機《さくにゅうき》つかえるしなあ。手しぼりじゃ二人で十頭が精《せい》いっぱいだものな」

「そうですよ。牛ももっとふやせますよ」

明るい蛍光灯《けいこうとう》の下で、とうさんとかあさんは、よくこんなことを話し合っていた。

けれど、モーターでくみ上げる川の水は、わかさないと飲めない。雨降《あめふ》りの後は黄色くにごってつかえない。あくが強いから純平《じゅんぺい》のおしめを洗《あら》っても、ごわごわしていた。だから純《じゅん》平《ぺい》のお尻《しり》はおしめをとるまで赤くただれていた。

モーターをつけてからも、とうさんは役場だけでなく、久慈《くじ》の電機会社にもちょくちょくたのみに行っていた。

重くたれこめていた雪空がきれて時どき明るい陽《ひ》がさすようになったある日、朝から出かけてたとうさんが夕方帰ってきて、ストーブの前にどっかりすわっていった。

「おい、春の祭りまでに電気がつきそうだぞ」

「えっ、ほんとうですか」

味噌汁《みそしる》のダイコンをトントンきざんでいたかあさんがふりむいた。みや子たちは、

「ほんと‼」

「雄《ゆう》くんちみたいに、いっぱいつくの」

「とうたん、デンチってなあに」

とうさんをとりまいて口々にいった。とうさんはみんなをにこにこ見まわした。

「今日な、また久慈の営業所《えいぎょうしょ》へ寄《よ》ってみたんだ。そしたら、『許可《きょか》がおりたから今月中にも

工事にかかること知らせよう』っていってたとこだというんだ」

「そうですか。やっと家にも電気がくるのね」

かあさんは、ほうっと大きく息をつき、うれしそうに笑った。

「ねえ、とうさん、電気がくれば一晩《ひとばん》じゅうだってつけてていいんでしょ」

みや子はとうさんの顔をのぞきこんだ。

「そうはいかないさ。まあ、今よりみや子の好きな本読む時間、ふえるかな」

「わあい、かあさん、夜、本読んでいいって」

「ええ、ええ、みや子も今までずいぶん不自由してたもんね」

その時、純平がとうさんのひざにのぼった。

「とうたん、デンチって、どんな人？」

「やだあ、純平ったら。電気って人じゃないよ。ほら、あれさ」

洋平《ようへい》がぷっと吹《ふ》き出《だ》して、蛍光灯《けいこうとう》をさした。

「この子ったら……」

「山ん中の子はこれだからな。あははは」

「純平。ほら、あの電気、とうさんがモーター入れないとつかないでしょ。だけど今度の電気はね、いつでもつくのよ」

純平《じゅんぺい》はみや子の説明に不満げで、まるい鼻の穴《あな》をふくらませてかあさんの顔を見ていった。

「どうちて、でんちがくゆとでんちがちくの」

「ええとね、それはね、こまったわね」

「よし、よし、純平。純平にはむずかしいな。だけど、もうすぐ分かるぞ」

とうさんが、ふくらんだほっぺをちょんとつっついた。

「今月の末からはじめて、いつごろつくかしら」

かあさんはまたダイコンを切りはじめたが、手をとめて聞いた。

「そうだなあ。雪がとけ出したら工事にかかるそうだから、ひと月かからないんじゃないか」

「そう、そんなに早く。じゃあさっそく冷蔵庫《れいぞうこ》と洗濯機《せんたくき》、それに電灯のかさ、たのんでこなくちゃね。そうそうふとん乾燥機《かんそうき》もいるわ。今年の冬は暖《あたた》かくやすめるわね」

歌うようにいって、また野菜を切り出した。

「かあさん、とってもうれしそう」

みや子がいうと、とうさんが手を振《ふ》った。

「おい、おい。やたらといろんなものを買いこむなよ。この際《さい》、引きしめていかなきゃ」

「大丈夫《だいじょうぶ》ですよ。そうそ、あの底なし冷蔵庫ともお別れね」

「そうだな。あれもよく働いてくれたもんな」

底なし冷蔵庫。それは、とうさんがどこからかこわれた冷蔵庫をもらってきて、底をはずして下の谷川に埋《う》めたものだ。下を冷たい水が流れているので、肉や魚を入れておくとけっこう役に立った。もっとも一昨年《おととし》の秋、熊《くま》にひっくりかえされて、大きなホッケを五匹《ひき》もとられてしまったことがあったけれど。

「電気がきたら、搾乳機《さくにゅうき》、もう一台ふやすか」

「そうですね。食べるものだって、冷凍庫《れいとうこ》に入れておけば買いおきもできるし、今よりずっとましになりますね」

とうさん、かあさんの話はどこまでも広がっていく。

みや子は二階の勉強机《べんきょうづくえ》の上にピンクのかさのついたスタンドがほしいと、前から思っていた。モーターだと土間しか電灯がつけられない。あまったれの浩太《こうた》やきかんぼの洋平《ようへい》にじゃまされず、ひとりで勉強したり本を読んだりできたらどんなにいいだろう。ふとんに入ってからも豆電球を見つめながら、みや子はなかなか寝《ね》つかれなかった。

今年は雪が多かった。それでも三月の声を聞くと、今までつんつんとがっていた雑木林《ぞうきばやし》の木々も何となくけぶったように見える。

目をこらすとぽちぽちと茶、深緑、うす緑、銀灰色、赤と、色とりどりの芽がついている。

そここに根雪は残っているけれど散りしいた枯《か》れ葉《は》の下を雪どけ水が流れている。まだじょうずに歌えないウグイスの声をはじめて聞いた日、学校帰りに県道からの登り口に黄と黒のしましまの工事用車がいた。

(あ、工事はじまった)

みや子はとっとと山道をかけ登った。流れる水をぽんととんだ。

黄色いヘルメットのおじさんが三人、五つめの曲がり角でツルハシをふるっていた。

ガッキン、ガッキン、石がとぶ。

カッチン、カッチン、スコップで穴《あな》をほる。

その穴《あな》へ、一メートル位の長さの黄色いくいを埋《う》めていた。みや子はおじさんたちの仕事をじっと立ち止まって見ていた。

(電気がくる。電気がやってくる)

胸《むね》の中が、ドッドッドッドと鳴り出した。

ツルハシをふるっていたおじさんが、手をとめてにこっと笑った。

「谷塚《たにづか》さんちのむすめっ子なっちゃ」

「うん」

「もうすぐ、電気、ぎなっずよ」

こっくり。

「あすたあ、くい打ち終わるちゃ。あざってから電柱《はしら》立てるっすよ」

若《わか》いおじさんがヘルメットをあげて、額《ひたい》の汗《あせ》をふきながらいった。みや子は、

(うれしい。おじさん、ありがとう)

大きな声でいいたかったけれど、はずかしくって何もいえなかった。ただ、ぺこんと頭を下げて家へ向かって走った。道いっぱいに散りしいた落ち葉がやわらかい。家にかけこんだみや子は呼吸《いき》をはずませていった。

「かあさん、工事はじまったね。あさってから電柱立てだって」

純平《じゅんぺい》の顔をふいていたかあさんが笑った。

「お帰り。そうよ。だけど、この道、もともと岩山でしょ。それに一方は谷、大きな岩もあるからとてもたいへんなんだって」

「ふうん、今、黒岩の下ほってたよ」

「少し長びくかもね」

次の日、みや子は、猛《もう》スピードで帰ってきた。いつもいっしょに帰るとも子の、

「みやちゃ、どうしたの。いっしょに帰ろう」

という声を後ろに聞いて、

「ごめん、今日いそぐから」

と、走ってきたのだ。背中《せなか》のランドセルがおどっている。山道に曲がるところに、コンクリートの太い柱が何本も積んであった。

「いっぽーん、二ほん、三ぼーん」

と、みや子は道の端《はし》に立っているくいの頭を数えながら登った。二十一本めが家の前だ。

「ただいまあ」

工事のおじさんたちがストーブのまわりにこしかけて、かあさんとお茶を飲んでいた。

「おお、お帰り」

「さあ、あずがら電柱立てなっすよ。けっぱらねばの」

「よろしくおねがいします」

（おじさん、がんばってね）

みや子も心の中でいいながら、日に焼けたおじさんたちを見つめていた。

よく日の帰り、昇降口《しょうこうぐち》で健《けん》に会った。

「みやちゃ、電気工事、はじまったって」

「うん、今日から電柱《はしら》立てるんだって」

「うちのかあちゃも、『これで幸子《さちこ》さんもだいぶ楽になる。よかった』って喜んでたよ」

「そう、かあさんね、いろんな物買うんだってはりきってるよ」

「おばちゃうれしいんだよ。ずっと待ってたことだもんな」

健はおとなっぽくいった。

「ねえ、健ちゃ、電気ついたら見にきてね」

「ああ、行くよ。下から見るとみやちゃの家、きっときれいだろうなあ」

高橋《たかはし》さんは、とうさんがこの村に来てからのいちばんの相談相手で、かあさんたちも姉妹《あねいもうと》みたいに仲がいい。だけど、夜やってくることはなかった。夜おそくまで電気をつけていられないことを知っているからだ。これからは、みんなで来てくれるだろう。胸《むね》がわくわくした。

今日もスピードをあげて帰った。

山道に入る角に高い電柱がどっしり立っていた。ざらざらしたコンクリートのはだ。力いっぱい押《お》してみた。びくともしない。ベタベタとたたいて大きな声で、

「いっぽんあがりーい」

くすっと笑いがこみあげてきた。

「にほーんめー」

青ごけのびっしりついたダルマ岩のところが二本めだ。ここで道は急カーブする。

ガー、ガー、ガガー。

カーブを曲がると、小型のパワーショベルと三人のおじさんが見えた。パワーショベルは谷川のがけに張《は》り出《だ》したナラの木の根もとの一かかえもある岩と格闘《かくとう》している。

ガー、ガー。前進して岩の下にショベルを入れ、岩をゆする。ガガー、ガー。今度はさがってまた前進する。ショベルが岩にぶつかるたびに、ガツン、ガッツンと大きな音といっしょに岩がゆっさ、ゆっさゆれる。

「ほうれ、みやちゃ、もうすぐ持ち上げるぞ」

おじさんが大声でいった。

ショベルは、また、突進《とっしん》していく。

やったあ。岩はぐらっとゆれ、ザザザッ、バチバチッとクマザサや低い木をなぎ倒《たお》し、へし折りながら谷川へ落ちていった。あとにはみや子がすっぽり入れるくらいの穴《あな》があいた。

「そうれ、三本めじゃあ」

若《わか》いおじさんがみや子の口まねをして、大きな口を開けて笑いながらどなった。

みや子はくくっと笑い、ぺこんと頭をさげて歩き出した。

おじさんたちは毎日やってきた。

十三本めが立った。やっぱり岩だらけの道はかたくて、予定はだいぶおくれているらしい。

かあさんは毎晩《あさばん》、買うもののメモを出して、楽しそうにみや子に話しかける。

「ねえ、みや子、冷蔵庫《れいぞうこ》どこへおこうか。戸棚《とだな》のわきじゃ、おじいちゃんたちの写真かざっとくとこなくなっちゃうしね。やっぱり純平《じゅんぺい》のベビーベット捨《す》てちゃおうかしらね」

「そうねえ、ストーブのそばじゃだめだしね」

「おい、おい、純平はもういらないけど、次の子が生まれたらベットなしじゃ困《こま》るぞ」

とうさんまで口を出す。

「それもそうね」

「お風呂場《ふろば》へ行く戸の外においたら」

「あそこは、洗濯機《せんたくき》おかなきゃ」

こんな話をしているといつまでもあきない。

「いつまで毎晩同じことといってんだ。もう、寝《ね》ろ、寝ろ」

「あら、もうこんな時間。みや子、またあした考えようね」

「品物がくりゃあ、なんとかなるさ」

とうさんの眠《ねむ》そうな声に送られて、寝間《ねま》に上っていくみや子の心の中に、(電気がくる。

電気がくる。）という声がだんだん大きくなり、とくっ、とくっと、暖《あたた》かいものがわき上がってくるのだった。

春の雪が少しばかり降《ふ》ってすぐ消えた。

木々の芽は日ましにふくらみ、雑木林《ぞうきばやし》を吹《ふ》きぬけてくる風も心なしかやわらかくなった。

「もうじき、葉が茂《しげ》るな。それまでに電柱《はしら》立たないと仕事やりにくくなるなあ」

とうさんが心配そうにそういった日、みや子がたっぷり水をふくんだ落ち葉をふみながら登っていくと、おじさんたちが道ばたにしゃがみこんで何か話し合っていた。

「おじさん、ただいまあ」

みや子は、おじさんたちともうすっかり仲良しだ。

「やあ、お帰り」

「どうしたの？」

「いやなあ、ここんとこ、ひどくかたくって厚《あつ》い岩盤《がんばん》でなっす。ショベルがだめになっちゃ。すかたねがらあすた、チェンソー持ってきてな。あっちがわのホオの木さ切んべって話すてたとこなっす」

「あのホオの木、まっ白な大きい花がいっぱい咲《さ》くんだよ。あれ、切っちゃうの」

みや子は、「いやだ」と、思った。

「すがたねえっすな。電柱《はしら》立てねばならねえすもんな」

「どうしても切らなきゃだめ？」

「んだ。さあ、今日はこれで終わりっちゃな。あずだまたけっぱるべっちゃ」

おじさんは腰《こし》をあげた。

みや子は、道のはしに大手《おおで》を広げたように立っているホオの大木を見上げた。毎年五月の終わりごろ、直径十センチもあるまっ白な花が若緑《わかみどり》の葉の間に点々と咲く。この木がみや子は大好きだった。でも、あしたは……。

小さな緑の芽をいっぱいつけたホオの木は、吹き出した風にボー、ボーと枝《えだ》をふるわせ泣いている。今年はもうあの花は見られない。

すうっと背中《せなか》が寒くなった。みや子は、振《ふ》り返《かえ》り、振り返り山道をのぼった。

風が冷たくなった。


三月もじきに終わる。気の早いヤマコブシがちらちら咲きだした。電柱はあと五本。

かあさんが久慈《くじ》の電器屋さんにたのんでおいたものが届《とど》いた。その中にかわいいオレンジ色のかさのついた電気スタンドがあった。

「かあさん、これ?」

「ああ、それ、みや子の机《つくえ》の上におくのよ」

「ほんと?」

「うん、かあさんね、みや子のスタンドがあったらいいなって、ずっと思ってたの。どう」

「わあ、すてき! かわいいっ、うれしい」

かあさんにしがみついた。かあさんはみや子をぎゅっとだきしめ、静かにゆっくり髪《かみ》をなでてくれた。浩太《こうた》が、

「お姉ちゃん、いいんだ」

と、背中《せなか》をぶった。それさえうれしかった。


電柱立ては、最後のカーブ、トド岩のところでつっかえてしまった。

みや子たちは学校へ行く時、トド岩まで一気にかけおりる。雪が降《ふ》れば腰《こし》をかがめてトド岩まですべり降《お》りる。トド岩はそんなみんなをがっしりと受けとめてくれる。学校帰り、トド岩をぐるっとまわると、家がまっ正面に見える。雨や風、雪のひどい日はここで「ふうーっ」と、大きく息をし、また歩き出す。

浩太は自分が名前をつけたトド岩が大好きで、てっぺんに登って大きな声でよくいう。

「おうい、トド。お前の生まれた海はどこだあ。おれを連れてけよう」

そして、洋平《ようへい》に、

「のってみろ。トドがアメリカまで連れてってくれるぞう」

なんていって、本気にさせたこともあった。

トド岩ががんばっているかぎり、電柱は立てられない。

工事がはじまってひと月近く立った夜、とうさんがみんなにいった。

「あした、トド岩に、ハッパ（発破）かけるんだと」

「ハッパ！」

と、かあさん。

「ハッパって？」

みや子に浩太、洋平も口をそろえてきいた。

「ああ、あの岩なあ、地面の下まで深く入っているそうなんだ。だから火薬でくずすんだと。あした一日工事場へ近づいちゃだめだぞ」

みや子はハッパなんて見たことないし、おもしろそうだから、（あした健《けん》ちゃに教えてやろう）と、思った。

よく朝、とうさんは早めに牛乳《ちち》をしぼり、牛をおどろかさないように放牧地のいちばん奥《おく》まで牛を追っていった。

学校につくと、みや子はすぐ健《けん》に話した。

「健ちゃ、今日ね、あのトド岩にハッパかけるんだって」

「えっ、ハッパ‼　じゃ、トド岩なくしちゃうんだ」

「ハッパって、トド岩なくしちゃうことなの」

「そうさ、火薬でぶっとばしちゃうんだもん」

「ほんと？」

「みやちゃ、そんなこと知らんかったんか」

健は、「なあんだ、なんにも知らないんだ」という顔をして、教室へかけていった。

四時間めの体育の時、みや子は遠くで「グワァーン」という不気味な音を二度聞いた。


みや子は県道を走って帰った。健が、「トド岩がなくなる」といったことと、あの腹《はら》の底にひびく不気味な音が気になってしかたなかった。ランドセルにゆわえつけた体育着の袋《ふくろ》がゆれるのがうっとうしい。

山道をかけのぼり、最後のカーブを曲がった時、みや子は立ちすくんだ。

トド岩がない。岩がどっしりとかまえていたところは、広びろと開け、ショベルカーがくだけ散った黒い岩のかけらや、根こそぎおれた木や、とび散った木の枝《えだ》などをガー、ガーッといそがしげに谷川に落としている。

「おっ、お帰り、みやちゃ。ほうれ、あのがんこ岩めやっつけたぞ。あすたじゅうにここと
あしこと家の前さで終わりだあな」

「木さ、茂《しげ》んねうちに電線ばはって、あと十日もすりゃあ、まっぴかりってわけだあな」

「うん」

「どすた？　元気ねえなっす」

おじさんの話を聞きながら、心の底から「よかった」という気持ちがわいてこなかった。
ショベルカーと最後まで戦ったトド岩。家から一直線にかけ下りてくるのをがっしりと受けとめてくれたトド岩。みや子が生まれるずっと前からいつもみや子の家を見つめていてくれたトド岩が、こんな小さなかけらになっちゃった。ホオの木もトド岩も、みんな谷へ落ちていっちゃった。

おじさんたちに小さな声で「さよなら」をいうと、みや子は足元のまっ黒なかけらを一つひろい、ゆっくりと坂をのぼった。若《わか》いおじさんがふしぎそうに見送っていた。

つぎの日、トド岩のあとはすっかり平らになり、みや子の家まで見通せた。残りの三本も

しっかり立っていた。

トド岩のところでみや子の足はとまった。

毎日、毎日、トド岩をなでながらぐるっとまわった道。枝《えだ》をはらった木の間に、にょっきりコンクリートの柱が立っている。その柱を見上げて、みや子は心の中で話しかけた。

(トドさん、さよなら。お前がいなくなってさびしいよ。でも、お前がいたんじゃ、電気が来られないんだよね。ほんとはわたし、お前といっしょにまっぴかりのわたしんち、見たかったんだ)

家に入ると、おじさんたちがつけ物をつまみながら熱いお茶をおいしそうに飲んでいた。

「ほんとにご苦労さんでした。おかげで人なみの夜になります」

「いやあ、おたくはいちばん高えとこさあるから、ぜんぶ灯《ひ》さいれだら、すたから見っと、ええとこさホテルでけただっていうべっすな」

「んだ、なっす。あははははは……」

とうさんもかあさんも、声をそろえて笑っている。浩太《こうた》たちもはしゃぎきって土間をかけまわっている。

そんなみんなを見て、みや子もよかった、うれしいと思う。だけど、おなかの底に小さなかたまりがぽっちりとあるようで、ズボンのポケットのトド岩のかけらをにぎりしめていた。

夕飯の時、かあさんが土間を見まわして、

「ああ、このうす暗い土間ともじきお別れね」

しんみりといった。とうさんも両手で持った茶わんから立つ湯気を目で追っていった。

「そうだな。でも、あのモーターははずさんよ。おれたちの歴史としてな」

ゴトン、ゴトン。モーターの音にまじって裏山《うらやま》の方でドサッと雪の落ちる音がする。キキッ、キキッと鳴いているのはなんだろう。


だいぶ工事はおくれたけど、電柱が立つと仕事はどんどん進み、検査《けんさ》もじき終わった。

今夜から電気がつかえるという日、かあさんは大はりきり。浩太や洋平《ようへい》はもちろん、小ちゃな純平《じゅんぺい》まではしゃぎっぱなし。

みや子の心の底のかたまりはまだすっかりなくならないけれど、やっぱりうれしい。

「ねえ、とうさん、今夜点灯式《てんとうしき》のパーティーやりましょうよ」

「なんだ、それ」

「我《わ》が家《や》に電灯がつく記念すべき日。みんなでお祝いするのよ。すてきだと思わない」

かあさんのほほは赤く、目がきらきらかがやいている。

「うわあ、いいな。ごちそう作るんでしょ」

浩太《こうた》はすぐ食べることとむすびつける。

「うれちい」

パチパチ。洋平《ようへい》と純平《じゅんぺい》がとびはねた。

「賛成《さんせい》!! わたし大いそぎで帰ってくる」

「おれも」

「おれ、今日は四時間だもんね」

「ええ、みんなそろったところで電気つけましょうね」

「電気がついていちばんうれしがってんの、かあさんだな」

目を細めてとうさんがいった。

学校でも、健《けん》はもちろん、校長先生まで、

「みや子、電気引けたんだって。よかったな」

と、握手《あくしゅ》してくれた。

昼休みからみや子は授業《じゅぎょう》が終わったらすぐ帰れるようにしたくしておいた。だのに、帰りの会が掃除《そうじ》の班分《はんわ》けでもめて、二十分ものびてしまった。みや子はいらいらして落ち着かず、何回も注意された。

やっと学校をとび出したのは、もう四時半をすぎていた。陽《ひ》は山の向こうに沈《しず》んだけれど、すみれ色の空はまだ明るい。でも、みや子が家に着くころは、空は青紫《あおむらさき》にかわり、山陰《やまかげ》のみや子の家は夕やみに包まれてしまうだろう。

あちこちで電灯がつきはじめた。とうさん待っててくれるだろうか。息が苦しい。でも走った。山道が暗い。石につまずく。

(待ってて、とうさん)

(かあさん、みんなそろったらといったよね)

トド岩のあとまで来た。

ぽつん。小さな明かりが見えた。

(ああ、やっぱり、待っててくれた)

「た、だ、いまあ」

「やあ、帰ったな」

「おかえり、まあ、そんなに汗《あせ》かいて」

「おそくなったから、一所懸命《いっしょけんめい》走ってきたの」

「早くつけようっていうのに、お姉ちゃん帰ってくるまでって、とうさんいうんだもん」

洋平がほっぺたをふくらませていう。

「よし、よし。みんなそろったところで、ブレーカー入れるぞ」

とうさんがモーターをとめた。

まっ暗な土間にストーブの火だけがゴーゴーと燃《も》えている。

「いいか。電灯ぜんぶスイッチ入れてあるな」

「ええ、もう何回も見たから大丈夫《だいじょうぶ》よ」

「よし、では」

「あっ、待って、とうさん、わたしやりたい」

「みや子じゃとどかないでしょ」

「でも、わたし、やりたい」

「そうか、いいぞ。とうさんの肩車《かたぐるま》に乗れ」

「うわあ、うれしい」

「さあ、乗った、乗った」

しゃがんだとうさんの広い肩にみや子は乗った。天井《てんじょう》までとどきそうに高い。

「みや子、重くなったな。それ、分かるか。しっかり入れるんだぞ」

しいんと静まりかえった部屋の中。みんながみや子の手もとをかたずをのんで見ている。

バチン。ついた。

「わあい、わあい」

みんないっせいに歓声《かんせい》をあげた。

土間の乳色《ちちいろ》のかさの下の蛍光灯《けいこうとう》が二組。窓《まど》ごしに見える牛舎《ぎゅうしゃ》、農具小屋、便所も明るい。

かあさんが冷蔵庫《れいぞうこ》のコンセントを入れた。冷蔵庫は低いうなり声をた

てはじめた。ラジオからは、明るい音楽が。

「とうさん、電気、きたねえ」

みや子はぼさぼさのとうさんの頭に顔をうずめた。牛のにおいがした。

「でーんき、でんき」

「でーんち、でんち」

浩太《こうた》の走るあとから洋平《ようへい》が、純平《じゅんぺい》も両手をあげてちょこちょこ走りまわっている。

「さあ、パーティーのはじまり、はじまりぃ」

かあさんが牛の鈴《すず》をガランガラン鳴らした。

エドのだ。みや子は肩《かた》からおりた。

サンマの塩焼き、ジャガイモの煮《に》つけ、アズキのごはんにダイコンの味噌汁《みそしる》。山盛《やまも》りのワカメの酢《す》のもの。かあさんの思いきった大ごちそう。

とうさんの前にはコップになみなみとついだお酒。みや子たちはあったかい牛乳《ぎゅうにゅう》。

とうさんがコップをあげた。

「かんぱーい」

「かんぱい‼」

バンソウコウだらけの手でかあさんが目頭《めがしら》をそっとおさえた。

「わたし、ちょっと外から見てくる」

みや子はトド岩のかけらをにぎって外へ出た。びゅうっ。山から吹《ふ》きおろす風がみや子を包んだ。
二、三歩、歩いてちょっと振《ふ》り返《かえ》り、一気にトド岩のあとまでかけおりた。
みや子の家は、どの部屋も明るくかがやいてまっ黒な裏山《うらやま》からくっきりとうき出している。

そして、みや子の机《つくえ》のある二階の窓《まど》には、ほんのりとオレンジ色がうつっている。

強い風の中でみや子はトド岩のかけらをしっかりとにぎりしめその色をじっと見つめた。

とっとっとっと、胸《むね》が鳴った。

あとがき

あれから、二十年。
みや子は、やさしく心づかいのある娘《むすめ》になりました。
みや子は、弟五人、妹一人のお姉さん。
六人の小さいお母さん。
みんなのご飯も上手に作ります。
毎日、どっさりの洗濯《せんたく》もします。
老人ホームへも、お手伝いに行きます。
そして、そして、恋人《こいびと》もできました。
山地酪農《やまちらくのう》を、どうしてもやりたい 青年です。
はるばる、岡山《おかやま》からやってきた 青年です。
とうさんは、怒《おこ》りました。
かあさんは、そっと目頭《めがしら》をおさえました。
二人は、頼《たの》みました。結婚《けっこん》したいと。

市川《いちかわ》のおばあちゃんが、賛成《さんせい》してくれました。
村長さんも、二人に広い畑を貸《か》してくれました。
とうさんは、とうとう、「うん」と、いいました。

みや子は、美しい花嫁《はなよめ》になりました。
ホオの木の花のような、清らかな、美しい花嫁に。
とうさんは、大学時代の友達とダイコン踊《おど》りを踊りました。
あふれる涙《なみだ》をぬぐいながら。
かあさんは、ずっとハンカチをはなしません。
ほろほろ涙をこぼしながら笑ってます。
六人の弟妹は、「幸せになろうね」と、唄《うた》いました。
おじいちゃんとおばあちゃんは、始終、にこにこしていました。

みや子、おめでとう。
みや子の山道を、これからは、ふたりでのぼります。

石井和代

解説

岩崎京子《いわさききょうこ》

この物語の「山の子みや子」の一家はモデルがあります。がんばり屋の熱血青年のお父さんは、作者石井和代《いしいかずよ》さんの教え子です。

都会っ子の坊《ぼっ》ちゃんは、大学を出ると岩手県の山の中に単身、飛びこんでいきました。

石井さんは心配で、心配で。

「電気も来てない山の中なんですって。自分で森の一か所を伐《き》り開《ひら》いて、家を建てて。大丈夫《だいじょうぶ》なのかしら」

「さん」という児童文学同人誌《どうじんし》の例会で、石井さんは、この青年の話をしてくれました。「本当に、向う見ずなんだから」といいながらも、この勇気ある青年が自慢《じまん》で、自慢で。まるで石井さんは実家のお母さんのようでした。私たちも石井さんの気持ちがうつって、つまり実家のお母さんの友だちくらいの気になり、拍手《はくしゅ》しました。

お嫁《よめ》さんももらって、長女のみや子が生まれ、弟たちも生まれ……、牛をふやしていって、電気も来て……というプロセスは、作品を読んで、「よかったねえ」と思ってくださってると思います。

人間って、太古の昔から、苛酷《かこく》な自然の中で、必死に生きて来ました。みや子の一家がそうですが、日本ばかりではありません。

ローラ・インガルス・ワイルダーというアメリカの作家が書いた「大きな森の小さな家（一九三二年作）」は、アメリカの開拓農民《かいたくのうみん》の話で、主人公ローラの自伝でもあります。

みや子はローラに似《に》ていますね。

本当のことをいうと、私も田野畑《たのはた》に行ったことがありました。石井さんの田野畑通いより、何年か前のことでした。やはり牛が書きたかったのです。

酪農協会《らくのうきょうかい》、今はどうかわかりませんが、その頃《ころ》、お茶の水（東京文京区）にありました。

そこにうかがって、牧場を紹介《しょうかい》してもらいました。

田野畑もそのひとつでした。

牧場というと、「おお、牧場はみどり」の白いさく、広々とした牧草の原、クローバーなんかも咲《さ》いていて……なんていう牧歌的な風景を想像《そうぞう》してたのですが、田野畑は違《ちが》いました。

ほとんどが高い峰《みね》、深い谷、けわしい崖《がけ》。

その傾斜地《けいしゃち》を牛がかけのぼり、かけおりていました。山地酪農《やまちらくのう》といっていました。それについては本文……24頁《ページ》に説明があります。

なぜ私が取材をあきらめたかというと、とても通いきれなかったのです。とにかくJRの最寄駅《もよりえき》まで行って、あと山道を登っていくのですが……。一度宮古在住《みやこざいじゅう》の獣医《じゅうい》さんのジープにのせてもらいました。がたがた、がたっどっすん、がりがりがり……。ついたとたん坐《すわ》りこんで立てなかったり。帰りも駅まで送ってくださったのですが、がたがた、どっすんでした。駅前旅館に泊《と》まって、一晩《ひとばん》休んでと思ったり、でも切符《きっぷ》買ってあって、それを無駄《むだ》にするのが勿体《もったい》なくて（けち！）。

その為《ため》かどうか体調をくずして、あきらめました。残念ですが。

けれども石井和代《いしいかずよ》さんが、みごとに田野畑《たのはた》を再現《さいげん》してくださいました。なつかしい現地の方も登場します。私《わたくし》もお目にかかった村の指導者《しどうしゃ》、このお作では高橋《たかはし》さんとなっています。それから獣医さんも出て来ます。じつはこっちが高橋さんでした。

とにかくすばらしい田野畑、そして人間の原点のようなお父さん像《ぞう》、みや子や弟たち、お母さんのドラマを書いてくださってうれしくてたまりません。

石井さん、よく取材なさいましたね。それに物語《ものがたり》のデテールのどれもリアリティがあり、すっかり物語にひきこまれました。登場のみや子たちの魅力《みりょく》もありますが、実家のお母さんのようなあたたかい作者の目、やさしい愛の気持ちが、読者をとらえているんですね。

児童文学作家

石井和代（いしい　かずよ）
東京都出身　　千葉県市川市在住
埼玉大学女子部師範学校卆
埼玉県川口市、千葉県市川市の小学校に47年勤務
創作を岩崎京子氏、砂田弘氏に師事
「かんちゃんの詩」で石川県知事賞、
「とうさんの安来節」で愛の会童話第一位、
「アフリカンシンフォニー」で千葉日報入賞
その他、「みや子の山道」「夕やけドライブ」「花火の夜」を『びわの実ノート』に掲載など、創作、民話、エッセイ等がある。

稲田善樹（いなだ　よしき）
1933年、中国・旧満州生まれ。稲城市在住。
サラリーマン生活を送った後、9回ほどモンゴルを旅する。著書に、ジャンビーン・ダシドントク作『みどりの馬』、大竹桂子作『おじいちゃんの山』、同『百のうた　千の想い』、宇留賀佳代子作『ピンク色の雲』、西田純作『森は　生まれ』などがある。

山の子みや子

発行日　二〇一二年五月十日　初版第一刷発行
　　　　二〇一三年四月九日　初版第二刷発行
著　者　石井和代
装挿画　稲田善樹
発行者　佐相美佐枝
発行所　株式会社てらいんく
　　　　〒二一五-〇〇〇七　川崎市麻生区向原三-一四-七
　　　　TEL　〇四四-九五三-一八二八
　　　　FAX　〇四四-九五九-一八〇三
　　　　振替　〇〇二五〇-〇-八五四七二
印刷所　株式会社厚徳社

ISBN978-4-86261-091-1 C8093